大漢心聲

張起鈞著

本書之出版，悉承邱燮友教授鼓勵及促成，謹此誌謝。又師大國文系學生王文秀、王瓊瑜、李月美幫同謄抄整理，並誌其事。

張起鈞謹識

序——幻想曲

禪宗參話頭叫我們參「念佛是誰?」那就是要問一問:「究竟我是誰」?誰是「我」?

我們自打出生以來,就和「我」同在一起!不僅成天的說「我」,並且時時都意識到「我」。但究竟什麼是這個「我」,冷靜的想一想,還真是一個耐人深思的問題,特別是這「我」是怎麼形成的。

我們總覺得自己在發揮「我」,甚至還把這些要發揮的意念自詡為理想。其實要認真的分析一下,還不是社會各種複雜影響,在我這肉身上的反映?而所謂為理想而奮鬥也者,還不是社會某些因素在我軀體內的激盪。而妙在「我」的一生,就正是這一連串「理想」的織成;儘管實際只是些幼稚的幻想。

我第一部幻想曲是什麼,早已不知道了。記得起來是八歲的時候,那時候母親帶着我從甘肅扶護父柩回到故鄉枝江下葬。在大家庭中聽到叔叔姑姑們講古説教，便立志要作聖人。不過怎樣才叫聖人，一點也不懂。大概只知道聖人就是最完美最可佩服的罷了，有一次人家給我抽了口煙，嚇得我難過了好幾天，心想這下子豈不是就作不了聖人了嗎？——由這段記憶，也可反映幼小心靈中的「聖人觀」是多麼的幼稚。其實就連這一點幼稚的幻想，還不是來自叔叔姑姑們的暗示？

由講古説教發展到看小説。記得第一部看的是精忠説岳傳。看不懂，硬看，好不容易才把它啃完。接着又遍看七俠五義，小五義，包公案，封神榜……一切一切能找得到的説部。於是心靈便浸泳在這些小説中，至於那作聖人的幻想，早已丢到九霄雲外去了，當時想作什麼，記不起來了，只記得在四年級時，有次作文題目是「我的志願」。級任李老師向全班説：「你們猜張起鈞想作什麼？他想作一個清官」。但稍後的時候我却清清楚楚記得是想作武俠。這不用問，當然是看武俠小説和學拳術的後果。

從小學進入初中，這是思想展變的一個關鍵點，何況又受到國文老師的強烈影響。我們初一的國文老師于賡虞先生是一位很有名氣的新詩人，他與盧隱女士合編一個文學雜誌「華嚴」月刊，盧隱的名著「歸雁」就是刊載在「華嚴」上，而這華嚴就是我們國文科必讀的課外教材。在于老師的薰陶下，我又立志要作文學家了，這一志願，也可説是這一幻想，意識非常明顯，並且時間也一直持續到「九一八」我上高中後。

我上高中是在民國二十年，我們九月一日開學，十八日就發生了「九一八」事變。這簡直是一個石破天驚沉重無比的刺激。尤其這時的心情好像模糊而複雜，既有強烈愛國熱情，又有狂妄的英雄幻想。希特勒、拿破崙，便成了寤寐期求的榜樣。而就在這種混雜的心情下，決定投筆從戎報考軍校。但不幸只在一場體檢中，便為眼睛近視而把我刷掉。於是只好上北大了，那是民國二十三年軍校招考十一期入伍生的事。

在北大四年中（實際應該說北大三年，西南聯大一年），受到無數名師大儒的教誨，領會了學海的壯麗波瀾。於是我又對學術發生了濃厚的興趣。沒想到這一興趣竟爾支配了我後半生，而害了我整個一生——假如從世俗的觀點看。——因為在世俗看來，人生所求莫過於富貴二端，孔老夫子不是也說過：「富與貴是人之所欲也」嗎？這二端說穿了就是升官和發財而已。我雖今天呆頭呆腦，無緣於升官發財；但我卻深信以我的頭腦和幹勁，當年若獻身升官發財的行列，至少也絕不弱於任何人——不論是用道德的手段，甚至是更惡劣的招數。祇因學術吸引了我的興趣，從此便與升官發財絕了緣，甚至今天捧着這些機會給我，我都無此興趣。所謂「要三年飯、給皇上都不作」者是。試想這從世俗看來，豈不是害了我一生？

這一個接着一個的幻想，便填滿我生命的歷程，織成了我的人生，但在今天回首前塵，除了感到幼稚好玩外，又還有什麼意義？難道這就是我的一生嗎？這一連串的幻想又那一個真正能代表「我」呢？再說徹底些，又那一個幻想真是我自己想出來的呢？

不過「色」雖是「空」，「空」也就是色。儘管填滿了生命都是幻想。但這幻想一旦構成人生時，却也真個發生支配推動的力量，而使人不能不有「業力不可思議」之感。舉個小例說吧！當我們在大學時，學術界崇洋之風還相當盛。那怕實際是在餐館中洗盤子呢？只要在外國跑一趟，回來就可當教授。這種現象使我發生強烈的反感。最刺激我的一次是我在大二(?)時的一件事。有一天哈佛大學的政治系主任何爾康（Holcomb）教授來校講演。他一開口便說：他是從美國歷史最悠久的哈佛大學，來到中國歷史最悠久的北京大學。這兩個大學一向關係良好，許多哈佛大學畢業的都來北大教書……他這話雖是實情，但是却強烈的傷害了我的自尊心——學校的自尊、民族的自尊。因此我便發誓：不到外國留學、而要到外國教書。沒想到二十五年後，我竟真的一而再，再而三的以一個「土豹子」的身份，去到美國教哲學了。據說這種例子還不太多，（當然教國語國文的不算在內）。我有何德何能會碰到這種幸運？因此又怎能不使人有「業力不可思議」之感？

這還是糊里糊塗碰上的：還有些硬是清清楚楚的推動着你，使你全心全意的衝着這個目標跑。尤其妙在縱使明知是幻想，明知很幼稚，仍然會死心塌地的為之而奮鬪。而我這後半生的進行曲，連同目前的節拍，就是這樣譜成的。至於這個曲調的內容，究竟是什麼？明眼人看到我這種種幼稚的表現，不就「思過半矣」了麼。

嗳！這就是「我」？這就是人生！

大漢心聲　目次

〔一〕

烏衣巷與青田街

世事興廢無常，人生榮辱多變。辛辛苦苦的營謀，鴻鴻烈烈的功業；究可存續多久，誰能知道？高樓華厦，固可轉眼化爲灰燼；巨富豪權又何嘗不能春夢一場？反倒是一些文人雅事、嘉言美行，却常受稱讚，傳頌不息，成爲千古茶餘酒後的佳話。甚至連那居停盤桓的場所，都地以人傳，成了後人憑弔懷念的對象。就以人所熟知的烏衣巷來說吧！儘管六代豪華，春已早去，而這條巷子却永是詩人吟咏的題材。千載之後的薩都刺到了金陵，還要吟歎：「王謝堂前雙燕子，烏衣巷口曾相識」，這不都是當年那些高人雅士的流風餘韻嗎？——正因這些往事的縈迴暗示，便不由得想到眼前的青田街。青田街能否一如烏衣巷名傳千古，雖不可知，但身處其間，却每有優美自樂不讓古人的感受，何況這「青田街」又與「烏衣巷」天然的是一付巧對。

無意中搬到了青田街，人家告訴我：「這裏的環境不錯，是高級住宅區」。我說：「是否因爲附近都是學校和教堂」？❶他說：「那倒還不止此，你慢慢住着就知道了」。我心想這還不是恭維人的客氣話，有什麼高級不高級的？只不過街巷倒還整潔，氣氛還算寧靜罷了。

住下來後，漸漸發現，來來往往的人們，大都彬彬有禮，氣質不俗。有些人一看就是受過高尙文化陶冶的。在我們這些教書人眼中，看着非常對勁兒。有一天我從外面囘來，一進街口，就聽到拍板吹笛，咿咿呀呀吟唱崑曲的聲音❷，我的心扉爲之一亮。沒想到這裏還眞有高人饒此雅興。我也就樂得邊走邊聽，把他們的清音，權作我這「行路」❸的伴奏。正在自我陶醉，唱聲盈耳，前面又叮叮噹噹傳來一片悠揚的琴聲。聲音愈聽愈近，一直送着我到家。還沒進門，家裏也飄出一陣絲竹之聲，那當然是女兒萬明在彈古箏了❹。這一路囘來，弦歌不絕，不僅美音雅樂，一享耳福，尤其使我深深的感到這一地帶氣氛的高雅不俗。記得我在香港時，有一次走到一個巷子，一進去便聽到這邊劈劈啪啪，那邊稀哩嘩啦，一家接着一家，全是打麻將的聲音。而這裏則是一家接着一家的歌聲琴韻；相形之下，試問這是一個如何不同的情調——正由這一幕，才使我體會到所謂「高級」也者，並非全屬子虛。它並不指華堂巨厦，車水馬龍，而所指的却就正在這氣氛的高雅不俗，和其住戶的文化水準。後面這一點，我尤其有深切的體認，因爲住久了之後，才知道左鄰右舍，不是臺大師大的大牌教授，便是社會上的學者名流，若從文化學術的角度來看，這裏竟是「將星雲集」了。

這一「將星雲集」的情形。好像知道的人還不少，甚至還有外國人。有一次我在美國，與一位搞漢學的洋朋友談起我的住所，他馬上說：「噢！你住青田街呀！那是學人住宅區，我們管它叫『格潤費而得』（Greenfield），好美的名字啊！」美國人向來嘴上熱鬧，滿口的王豆腐與蜜糖，我那裏會把他這話放在心上？而眞個引起我注意的乃是一份推銷房地產的說明書❺。商人都是最現實的，縱令不是只認得錢，至少也是對文化風雅毫無興趣；那知他這說明書的大標題竟是：「要是孔子住在臺北」八個大字，接着就說：要是孔子住在臺北，一定看上青田街，因爲「這兒是臺北最理想的文教區」，遠離塵囂，雅靜宜人。——我看了，眞是感到受寵若驚，要不是有兩千多年的時差，我豈不要與孔子爲鄰，而大可拿「我的芳鄰孔仲尼」來炫耀？——說穿了，這終究是商人的噱頭，博人一粲而已：最妙的竟有人公然大登廣告，一本正經的說：

有一天我拿過中央日報一看❻，第一版最重要的地位，赫然四個一寸見方的隸字「書香門第」。我只當是電影廣告呢！但習慣上電影廣告不登在這裏呀！再一看，原來竟是賣房子的廣告，廣告中首先表明這房子是在青田街，並繪圖爲證。接着就說了：「居住這裏，你的鄰居卽使不是教授學人，也是名流仕紳……」，更妙的，還深謀遠慮的告訴你：「下一代在這優良的環境，更可潛移默化，從小奠定爲學做人的深厚基礎」。像這樣「爲人謀而忠」的商業廣告，眞可說是「歎觀止矣」。不過這雖是推銷的辭令，却也非全無道理；至少就現住者的子女來看，便確乎是信而有徵。就拿我們這五巷說吧！對門二號，藝術家陳慧坤教授的令嬡陳郁秀，便是以天才兒童保送出國學琴，幾經贏得歐洲多項比賽的冠軍，回國執教，而成爲一代鋼琴的名手。左鄰五號，是史學家陳致平教授，我們的書齋，窗口相望；雖不曾「隔籬呼取盡餘杯」，却常是「憑窗笑語天下事」。而那頂頂大名的才女——瓊瑤，不就正是他的千金嗎？她那成名之作「窗外」，許多處便都是青田街現場實地的故事。我常開玩笑說：「我的書齋，就是瓊瑤的窗外」——瓊瑤、陳郁秀，不過是兩個例子而已。其他住戶子女之卓有成就者，不計其數。不過不能像文學藝術，能那樣及早成名，爲衆所知而已。

青田街也住有不少達官貴人；當部長的前後便有三四位，作過次長的更是很多。而妙就妙在這些位部次長，全部清一色是在教育部，你說怪不怪？甚至這裏住的幾位黨國政要，也無不是人以文傳，名列士林。例如街頭的于右任，街尾的梁寒操，他們都有極高的政治地位；尤其于先生可說是開國元勳。但是衆口傳頌，一致恭維的，却都在其書法詩文。難道這青田街便眞是文曲高照，魁星的轄區了嗎？

正因爲這些達官貴宦都是文教中人，天然的便與那些腦滿腸肥，作威作福者流不同。有一個星期天的早晨，我乘輿陪內子到菜場去買菜。一出門，便看到樓上的郭次長太太❼已經買菜回來。走到街口，一位太太提着菜籃和內子打招呼，一看，是鍾部長的太太❽買完菜同來，又看到前面一位少婦，一手抱着小孩，一手提着東西，好生眼熟，近前一看，乃是林次長的太太❾。這些太太，在我們看來，自是左鄰右舍，司空見慣。林次長太太還是內子的學生，更不足奇；但就他們本身而論，却是千眞萬確，不折不扣的現任部、次長夫人。要在往日，便是一二品的命婦了，何況郭林兩位夫人本人還在大學任教；而他們竟都如此樸實無華，平易近人；這當然是來自他們的文化素養，而更重要的，就在他們這無意的表現中，却反映出我們政風的淸尙，上下的一心。這要載諸史册，流於後世，難道還不是千古的美談麽？

這些人還可說是受過高深教育的，不在話下；難得的，連附近的店肆攤販，也無不令人感到親切善良，彬彬有禮。從前大家交口稱譽北平商肆的服務態度。我是北平生長的，以我看來，這些攤販也毫無遜色。他們不僅公平交易童叟無欺，而難能可貴的，也是和北平商人一樣，充滿了人情味。貨好而又是你愛吃的，固然會主動的向你推薦，不合你的口味，也會勸你不要買。有時從外面囘來，想順便帶點西瓜囘去吧，他會說：「先生，不用買了，剛才你的媳婦已經買囘去了。」至於帶錢沒帶，貨先拿走；隨叫隨送，服務到家，那更是不在話下了。

最令我讚歎的，是巷子旁邊一家賣包子的。這店小到不能再小，只是利用兩個屋簷下的夾道，賣一早晨包子豆漿，搭點稀飯小菜而已。店家只有兩個人，先生當爐，太太照櫃。儘管環境破爛簡陋，生意却好得很。包子當然物美價廉了，更重要的是那店婦。你不要誤會，以爲她是位伶牙利口的包子西施，反之却是一個看來土土儍儍的村婦。她的誠摯樸實，使客人感到這小店就是自己的領域，而毫無對立相爭的意識。因此許多熟客進來後，就和到了家裏一樣，忙的時候就自己動手拿東西，吃完了，自己付錢而去。至於究竟拿了多少東西，付了多少帳，那店婦連看都不看。有一次我正在吃包子，來了兩位警察，一進來就彎着腰，向爐灶底下看。我馬上一怔，心想他們這破店還藏有什麽私貨違禁品不成。那知那警察是去開火門，火門打開後，就拿了兩個蛋，自己打在鍋裏煎。另一位警察便去拿碗拿筷，裝菜裝粥，完全像在自己的家。吃完了把錢放在桌上，揚長而去。我還特別留心看他們有沒有要花頭佔便宜，查看的結果，確是如數付錢分文不差，這眞是到了君子國。

古人說：「有人斯有土」，又道是人傑而地靈。西晉時，江南還是默默無聞之地。及後中原衣冠相率南渡，才形成文物之盛，而有烏衣巷的佳話。今天青田街也正有相似的背景。不過烏衣巷是由豪門遷來，聚族而居；青田街則是來臺文人的不期而聚。他們顚沛之餘，既無高堂華厦的居處，更沒有巨室大族的聲勢。但在文采風流方面，却遠較烏衣巷有更多的光輝和成就。王謝子弟雖是溫文爾雅彬彬有禮，那不過是傳統文化的成熟表現而已。而青田街的人們却有「把文化更向前推進一步」的努力。詠絮換鵝自是千古佳話，終歸是風流自賞，文人的雅趣。青田街的人則不僅詩書琴棋[10]，風雅無邊，還更能己立立人，推動許多弘文濟世的工作。研倡古禮古樂[11]，促進世界大同[12]，都是近年來公認有益的文風，而推本溯源，這風源却正來自青田街。若以佛學作譬，烏衣巷只能算是小乘，而青田街則要列入大乘之林吧！

就拿烏衣巷時代，最擅勝場的「淸談」來說，他們的妙語雅行，雖極稱淸新玄特，說穿了却只是老莊思想的領會與實踐而已，就思想上講，這只是次一階層的活動。但青田街的人却能把道家思想有條有理的組成體系；顯然比那隨便說說，抓哏鬭趣的要高着一層。這是就精神意趣說，再就生活享用講。舉世公認最懂得「吃」的譚延闓先生，其哲嗣就住在青田街的八巷；舍下飯廳裏也有一幅「好吃之家」的標幟；可是我們却能在「好吃」之餘，把享受提升到藝術，把烹調精鍊成學問。說句丑表功的話，我那本「烹調原理」就是明證——像這些突破性的成就，烏衣巷還不多見吧？固然風雅文采之事，不能這樣斤斤計較，算得算失，但在這些七零八碎的努力中，却反映出一片清新奮發的朝氣，表現了一股自强不息的精神，這却是不容否認，而爲烏衣巷相形遜色的吧？

烏衣巷的締造經過了三百載，而青田街的歷史還只有三十年，這三十年只是一個開始而已；今後還有很多個三十年的歲月等待着。現住的人自會盡其在我，繼續耕耘；而下面的第一代、第二代也正在默默的成長。但願一如那廣告中說的：能够「潛移默化，從小奠定爲學做人的深厚基礎」，而接着棒子跑下去。用他們對國家人類的貢獻，來美化青田街，使這青田街得以萬古長春，成爲人類文化的聖堂。

（民國七十年三月六日中華日報——同年七月香港明報月刊一八七號重刊）

附註

❶ 青田街前面是師大，後面是淡江大學和政治大學的城區部。全臺最大的天主教堂「聖家堂」，最大的回教堂「清眞寺」，分列在七巷口外的兩側。此外還有基督教的長老會，教會聚會所，天主教的孝女會，道教的青龍宮，喇嘛教的章嘉活佛駐錫所，都在街巷中。又，有一個傳禪佈道的「東西精華協會」最先

也創建在五巷，直到房主收回房屋才搬走。

② 笛王夏煥新教授住於青田街口，與一號的于右任先生對面而居。氏倡導崑曲不遺餘力，一時名流皆在其寓所，按期習唱。氏又組織「中國禮樂學會」，研倡古禮古樂，貢獻很多。對於祀孔之禮樂訂正尤多。

③ 京戲有「行路訓子」、「行路哭靈」等劇目，簡稱「行路」。

④ 小女萬明幼習古箏，屢在電視表演。初二時，爲師大舞蹈演出伴奏。詩人余光中曾賦詩「劉鳳學舞張萬明箏」刊於民國五十七年五月廿七日「徵信新聞」（卽中國時報前身）。

⑤ 青田街八巷怡園華厦的推銷說明書。

⑥ 民國六十六年二月廿四日中央日報第一版左上角廣告。

⑦ 教育部郭爲藩次長。

⑧ 先後任教育部及考選部的鍾皎光部長。

⑨ 教育部林清江次長。

⑩ 精於此道者極多。其最者：詩文書法于右任、梁寒操，鋼琴陳郁秀，笛簫夏煥新，箏琶何名忠，圍棋陳致平；皆爲名手。曩在北平教授中國圍棋以陳雪屏、楊武之爲最，而陳致平棋力尤過之，可謂教授中之最佳棋士。

⑪ 見註二。又住在後巷的何名忠教授創立「中國樂器學會」，對國樂樂器之改良工作極有貢獻。

⑫ 大同學會創始於民國六十三年元月，旨在弘揚自孔子至中山先生一脈相傳之大同思想，今年（民國七十年）元月十二日「中視」之「歷史上的今天」節目，卽對之詳爲介紹並讚譽，其聯繫中心卽在舍下。

懷南嶽

本年十二月一日為國立師範學院四十週年校慶。在臺校友出刊紀念，徵文於余。因漫誌往事以為壽。

國立師範學院創立於湖南藍田，勝利後遷於衡山南嶽。在藍田時，人才濟濟，朝氣蓬勃，可稱一時之盛，我沒趕上，而我之與國師結緣已是大陸淪陷前夕，接近尾聲了，那是三十八年二月的事。

勝利後我在北平教書，迨三十七年十二月北平圍城時，我有幸搭乘政府接運教授的專機，脫險南下抵於南京。那時國師的院長陳東原先生赴京，遂經胡適先生的介紹邀我來院，陽曆年後啓程西上，在武昌過了舊年，到院時已是二月。開學後才兩個月的樣子，而共黨於四月二十日渡江佔領南京，時局動盪，學校已經不能維持，於是我們一些反共的教授，又於五月六日離院南下，輾轉來臺，總計在院前後不過三個月的光景，時間非常短暫，但在這段短暫的時間中，却給了我很深的印象，使我終身不能或忘。

我到國師後雖然非常愉快，而我之所以來國師却有一番國破家亡的沉痛心情。那時我棄家出走，老母在堂，次子萬同剛剛滿月，夫妻能否再見，更在未定之天。我一介書生究竟爲了什麼得此懲罰？尤其想起往事，竟是在十年之間，兩次被迫逃離北平（指二十六年抗戰事）。拋開個人的憂患痛楚不談，人類無端造此悲劇，試問還有什麼理性，魑魅興風，人間何世？身處其境，又豈止動心忍性而已哉？加上南嶽乃是佛教名山，哲思勝地，日夕相對，別增一番深沉悠遠的意趣，這段期間究有何進益，雖不可知，但心靈的强烈感受影響到爾後的學思，則是斷然無疑的。

上面這沉痛的心情，雖因國師而起，却不是國師生活的寫照！那不過是觸景生情而已。反之國師本身的情景却帶給我無限的低徊和留戀。若不是遭逢喪亂，家國兩憂，便眞是平生最快的壯遊與盛聚。

從小學的時候便嚮往南嶽的風光；沒想到在浪跡天涯，竟有機緣留駐勝境，在此講學。不要說戶外散步，完全陶醉在山林雅趣之中，卽是當窗眺望，也是面睹峯嶺，一派山水畫的景象。尤其白雲起伏掩映，時隱時現，而山嶺的姿態面貌也隨之萬變不停，硬是在幽靜之中，饒具變幻之趣，山簡直活了。我的住處承陳院長優遇，特別借了整棟的招待所給我一人居住。而我的臥室竟是開南嶽會議時，　委員長　蔣公下榻之處。其景物優美可想而知。眞是人生最大幸運之事。

不僅地「麗」，尤擅人和。國師本多老師宿儒，陳院長又從平京邀約了好多新人，可說是濟濟多士，盡是益友良朋。山居無那，尤不厭過從之頻。挑燈夜話，把盞論學，前塵往事，歷歷如在目前。例如駱鴻凱先生閒話京華盛事，自詡曾聆梅蘭芳演劇六十次之多，周邦式先生講論佛學，深睿有致。皮名舉先生暢論世局，風高語快，而尹以瑩先生並授我相對論，且一再說我有學自然科學之資質。尹氏前為北大物理系教授，對我北大入學考試數學能獲滿分，誇獎備至……這些嘉言韻事，直到今天仍然清新的縈廻在腦海。至於黃金鰲、高明、周世輔諸先生更是志同道合，連袂來臺，交締患難，篤好至今。而那結伴遊山的挿曲，更是至今引為快事。四月初的一天，黃金鰲、高明、筆者和陳院長的家屬等一行七人，登山朝嶽，循徑而上，觀賞磨鏡臺，經過南天門直達上封寺。留宿一晚，翌晨下山返校。名山勝境，信非虛譽，景物壯美，難以言說，而上封寺素菜之佳，尤使我這好吃之徒畢生難忘。

在這些賞心樂事之外，還有一件不能不提的就是對我工作內容的轉變。我在北大是念政治系。畢業後也都是教社會科學一類的課。例如我在中國大學便開的是「政治學」、「中國政治思想史」和「西洋政治思想史」三門課。但我現在却是教哲學。而這一轉變點，就正是在國師。那時陳院長給我排的課是「中國哲學史」和「老莊哲學」，從此便走到哲學的園地中了。尤其我多少年來講老子所用的那套「老子選讀」，就正是在國師細心精編的，這套東西既把散漫的老子原文前後銜接，組成一個系統，同時又能保持老子道德經的本來面目；對於初學的人非常方便。特別是在美國講授時，最能合乎美國學生的胃口。而這一作品也正是旅居南嶽執教國師的具體紀念品了。

回想前塵，不盡依依，但願有生之年，能再與三數良朋，重作南嶽之遊，磨鏡臺前，白龍潭畔，一溫往日的舊夢。

（六十七年十一月十七日於臺北同年十二月一日刊於中央報）

臺北「交通」好

每一位從國外回來的朋友，都指責臺北的交通不好，尤其看到國外有些都市，街上只聞車聲，不見人影，一個紅燈，刷的一聲停下了幾百輛，綠燈一亮，又都魚貫而行，那種整齊劃一，令人歎賞的景象，臺北怎麽能比？但交通不是爲「看」的，而是爲的實際人生。假如從這個角度來看，那末臺北的交通，眞的那樣不好嗎？恐怕也就很難說了。以一個二十多年的老住戶，我似乎應該替臺北說兩句公道話吧。

話是這樣引起的，今年由於休假的關係，特地到美國來看看朋友。路過夏威夷時，也承朋友們的盛意，小住了幾天。有一天我請羅錦堂敎授送我去看一位王吉兆先生。路上我說，有許多回國的僑領，實際上是僑而不領。這位王先生不僅是貨眞價實的僑領（曾任全美華僑福利會的理事長，而副理事長則是一位紐約的僑胞），並且是老一輩僑胞中學問根底最好的。他曾從僑居地回國在嶺南大學畢業。同時還從廣東名翰林歐太史受業，可謂難得之至。我來給您們介紹介紹，結個文字交。但因事前沒有約，王先生出去了，沒碰到。下午王先生來電話致歉，並請我到他家吃飯。這時羅錦堂教授有事他去，我便請張鏡湖教授送我前往。吃飯時我問王先生，聽說您前年去臺灣一趟，我不在臺北，未能碰面，實在失迎。於是王先生就講起臺港之行，我說您對臺灣的觀感如何。他說樣樣都好，就是交通不好。我笑着抬槓道：「在我的感受來說，臺北就是交通好」，「怎麽呢」？我說：「我在夏大住過半年，深知此地既乏公共汽車可利用（不是沒有，而是既少又稀，無法等候），又難找到計程車，簡直是『行不得也，哥哥』，就以我來看您說吧，已經勞動了兩位大教授，待會兒回去，還要另外麻煩人。試問在臺北，那有這種困難？不僅公共汽車非常方便，就是計程車，也是站在大街上，一招手就來了。要到那裏去，就到那裏去，從來沒有考慮到『車』與『行』的問題。『交通』就是要把人送到要去的地方，現在却只欣賞走的整齊，而反說那隨意可走的、是交通不好，豈不是有點本末顛倒嗎」？王先生也笑了，說：「這點倒是沒想到」，「那是因爲您是『胡適在東海』所以才沒想到」。「這是什麽典故？」我就說了，「有一次陪着胡適之先生一齊吃飯，談到東海大學。我說：「學校辦得不錯，待遇也高，只是因爲環境不好，請不到教授」。胡先生愕然的說：「環境很好嘛，怎麽說不好？」「您小包車進，小包車出，大家把您捧得像皇上一樣，當然好啊！請問小孩子晚上突然發燒怎麽辦？年輕的教授，太太夜半要生產，怎麽辦？這還是意外，只問天天買小菜，那裏去買？」「噢！這倒沒想到。」

「您當然不會想到這個」——王先生跟着也笑了。

第二天九月十七日，恰好我們夏威夷總領事濮德玠先生，宴請來美的內政部長林金生與當地的中國學者見面。我也作了不速之客，應邀與宴。席間有些來過臺灣的，也向林部長說臺北的交通不好，等他們說完了後，我就笑着說：我倒不是爲林部長撐面子，不過恰巧，昨天與王吉兆先生有段談話，可當作反面文章看。說着我就把上面的話報告出來，大家聽着，也是覺得有點道理，至少在說臺北交通不好時，也不要抹殺那好的一面吧。尤其一個都市的存在，不是全爲了觀光客的觀感，而更重要的乃是住在那裏人的實際感受。

總之，秩序不好，只是癬疥之憂，能不能使人隨意暢行，才是交通的本質。而在這本質方面，使人感到的困擾，臺北却遠比許多名城大邑要少得多，這也就是我個人認爲臺北交通的總分數還不錯的根本道理。

或者說：你這個感受實由於你沒有汽車；而你的結論，實際上却全是一套「酸葡萄」的說法，——那倒也不見得。我固然無車而不便，但在有些都市中，有車的也一樣不見得舒服。有一次我出國路過香港，有七個小時的停留。我請教熊式一先生：怎樣有效的利用這七個小時，他說：「你最好的辦法，就是不要出機場。」我當時簡直不懂是什麼意思，直到後來親歷兩次經驗，才觸類旁通，恍然大悟。一次是我到香港，張翰書教授來接我。等我辦妥手續，出了機場，碰到張先生後，仍然苦熬了五十多分鐘，才算以三倍的價錢「搶」到一輛計程車。其身心之困擾與緊張，遠超過我自臺到港的全部旅程。——另一次是有一位大亨丁熊照先生請我在九龍一家飯店吃飯，吃過飯出來，在門口硬是佇候了一個多鐘頭，而座車竟不見開來。結果只有坐了別人的車囘家。原來他的司機把車停好後，被後停的亂車擋住了，開不出來——經過這兩次後，我才深深體會到熊先生的眞意，因爲一出機場。先是面臨找車的奮鬪，接着再要沒有把握按時找車囘來，誤了班機怎麽辦？那倒不如在機場裏看看書、吃吃茶，而可悠閒自在的「贏得浮生半日閒」了。

你當然也可以說：這是因爲香港地狹車多，秩序欠佳的緣故。——好！那我就再報告一個地廣人稀，秩序良好的例子。一九七一年元月，我們一行二十餘人，到澳洲的坎培拉去參加國際東方學會二十八屆年會。會期中我們的沈琦大使在官邸設饌歡宴我們。這在臺北，只要把請帖發出來，我們自然會準時「光臨」，還用得着主人操心嗎？就是週到點，找一輛交通車來接一下，大不了打個電話叫幾輛計程車來接接送送就是了。但那知沈大使却是徵集了館員，和朋友們九輛小汽車，由秘書參贊等各位館員先生親自駕駛，浩浩蕩蕩，排成一列車隊，來接送的。外交官當然是要招待客人的，但是却沒有必要作司機吧。其實在國外，有車的主人，除了顯要外，又那一個不作司機呢？那家的老爺不是送了太太，送了小孩然後再上班？就算你家裏有的是錢，每人都可買兩輛汽車，但是十六歲以下的小孩是不許開車的，你不送、他怎麽上學？你不接，他怎麽囘家？老爺雖是親作司機，甘受這接送之苦，而孩子們却未換來幸福愉快，反而都成了沒脚的螃蟹，個個都有失去行動自由之感。反過來再看臺北吧。早晨，下午，上下學時間，滿街都是搭着公共汽車去上學的孩子，甚至許多二三年級的小學生，都是獨來獨往，自行活動。那裏用得着父母來費接送之勞。我們住在臺北的人享盡了這種「安逸」、「便利」的雙重清福，却是人在福中不知福，反而一天到晚跟着觀光客們大吼臺北交通不好。我眞有點替臺北不平，所以才忍不住拔刀相助，抗聲辯護。

今天眼看着臺北一天一天的向着那些令人隱憂的方向走，我們這個福還能享多久，享到什麽程度，眞是思想起來不寒而慄。許多人，不但不警惕，反而認爲這是近代化的必然現象。難道「必然」，就連這弊端，也都要「必然」嗎？難道就不能改進和改良麽？恐怕未必吧，「思則得之，不思則不得也」，這正是「未之思耳」。常言道「人定勝天」，又道是「臨事而懼，好謀而成」，我們應該深思熟慮去想個萬全之道，以期盡得其大益，又能防患於未然，那才是近代化的理想大道，否則，與物推移耳，還要「人」幹什麽？

（六十四年十一月二十八日聯合報）

響起「臺北精神」的號角

看到十一月十九日中副洛曉湘先生的「樹立臺北精神」，我眼睛爲之一亮，心中不知感到多麽愉快，眞是吾道不孤，世有共鳴？唯一遺憾的是洛先生對這「臺北精神」似乎還停在商榷提議的階段，例如他說「但是發揚重慶精神，又不若建設樹立臺北精神來得確切，並且因地制宜」，實則「臺北精神」的口號，不但有人正式提出，並且事實上也早已蔚成一股壯大的洪流出現在人間了。

時間恰恰是一個月前，我在十月二十一日的香港自由報上，以社論的姿態發表了一篇「十月慶典與臺北精神」（以下簡稱甲文），正式提出臺北精神的口號，這還是代表自由報的社論而已，至於我個人的意見，則更在此好幾個月前就提出這一主張，我在甲文中說：

「幾個月前，范錫宣佈訪問大陸，一時國際局勢非常黯淡惡劣，甚至有人感到不安，那時某方面請我爲文表示意見，我不僅毫不沮喪，反之就在那時揭出『臺北精神』的口號！呼籲大家發揚這一已經孕育滋生的精神（筆者按：請注意：「已經孕育滋生」六字），使之成長壯大，爲我們反共精神的寄託，並使他進而成爲世界的希望，人類的光（見十月二十一日自由報）。」

這文中的「幾個月前」是指今年七月，而所說的文章則是我在「風雨生信心」中寫的那篇「境唯心轉，事看人爲」（下稱乙文），我在文中提出這一口號，自不無鼓舞振奮之意，但其所以提出，却是由於在事實中的親切體認，我在乙文中說：

「現在許多人稱道『重慶精神』。若仿此例，我們今天又何嘗不可標榜『臺北精神』？筆者當年在重慶，現在在臺北，兩大盛況皆是躬臨親與，足够發言的資格。重慶時代固是艱苦振奮，朝氣十足；但今天臺北時代的成就，却遠較當年重慶時代更爲艱辛豐碩。回想民國三十八年我們撤退來臺，以薄弱之孤島，抗大陸之狂流；二十幾年來，不僅安若磐石，成爲反共堡壘，爲大陸人心所寄，而文化經濟方面更有輝煌卓越的成就，在國際上已形成極有份量的地位。經濟貿易的成就有目共睹，不必多說；而文化學術上默然形成的力量，更是龐大難以計量，不過不是一般人所能感受到的而已。姑以近事爲證吧，今天對外說，美國任何著名大學，幾乎全有從臺灣去的教授。對內說：今天臺灣擁有無數來自各國的留學生，並且人數愈來愈盛。這不都是最好的明證嗎？尤其有一件值得大提特提的，二十多年來中國的大乘佛教竟然普及南洋各地，並到美國加拿大，甚至那些美國的博士和尙還說中國話，用華語弘法。其成就簡直可與當年歐人來華傳教媲美。上述各種輝煌成就，難道不是我在臺軍民上下同心奮鬥的成績嗎？若以前史來比，恐怕只有古昔雅典方有此成就吧！而我們這種自立自强，逆流而上的幹勁，還不配稱爲『臺北精神』嗎？」

我不否認，我之能想到「臺北精神」這口號，是由最近大家常談「重慶精神」而引起；這也正如洛先生的情形一樣。但是我却不在這兩者之間，把後者估計得那麽優於前者；尤其不同意作者所引「夢迴重慶」序言中的那段話。人情大抵貴遠而賤近，尤其在一件事既已成功後，大家很自然的就專去發掘他的致勝之道，那也就是說專找他的優點了！更何況是囘味往事？洛先生等所以對「重慶精神」大爲欽敬，其故在此。其實這「重慶精神」不過是後人追封的而已，我們當時只聽大家喊抗戰精神(註)，那裏聽到說什麽「重慶精神」。反之那時的人還不是認爲重慶的表現不够意思。大家還記得斥罵狗吃牛肉坐飛機的事嗎？指責華華公司是奢靡的店肆嗎？尤其「前方吃緊，後方緊吃」的評議。我到今天還記得很清楚。儘管這句話並不公允正確（按：自古批評的話有多少是公允正確的？恐怕只有天曉得）。若讚美：「在重慶根本找不到不良青少年，同樣的那裏沒有升學主義，那裏也沒有一窩風留學、學留與移民……」這就如讚美重慶的人們爲了節省能源都不用冷氣冰箱一樣的無意義。

總之，今昔的時代不同，社會的背景不一樣，我們不能因爲往昔缺少現在的享用，便認爲是節儉刻苦。反之也不能只因爲擁有從前沒有的享用，便認爲奢靡，同時並根據這一「奢靡」的裁判而抹殺其他的一切成就，今天臺灣是處於工業社會，自與農業社會的重慶時代不同，尤其今天國際交往頻繁，交通工具發達，更不能與那困居山區的情形相比（例如那時想留學怎麽留？除了政府送你去，例如美援法案是），所以不能拿重慶的情形來衡量現在。大家在臺灣的表現，固然有很多不理想的地方，更有許多比不上重慶時代的，但在另一方面却有極卓越的成就，絕不因有缺點而能抹殺。這就如有些人儘管有很多缺點，而不害其爲英雄、爲偉人一樣。須知天下事很少是盡美盡善的呀！

這一成就不僅足可使我們有勇氣喊出「臺北精神」，並且以我看來，其意義還遠勝過往昔的「重慶精神」，我在甲文中說：

「我們這一精神不僅早已默默的孕育產生，並且較之重慶精神更有意義；重慶精神的內含，只是民族之義，只是家仇國恨，所爲的只是我們中國自己一國而已。今天的臺北精神，則不僅含有更高境界的民族主義在內，並且還有崇高的文化意義在內；而且奮鬪所爲的，不止是我們自己一國，不止是解救大陸同胞復興中華，而同時還要扭轉世界歪風，建立舉世的正義和平，換句話說，那也就是要積極的挽救世道沈淪，促進世界大同了。」

俗語說事在人爲，這「臺北精神」是否能站得住，以及是否眞能像上面所說的那樣有意義，就看我們大家共同的努力了。

（六十六年十二月十一日中央日報）

附註

㊟本人曾于民國三十二年八月二十二日在重慶之軍需學校講演「中國的抗戰精神」，講稿現收錄於拙作「文化與哲學」（新天地書局出版）。

〔二〕

夢迴故國

多少人想到美國來，更何況這個世外桃源。但我這苦命人却無福享受。

前一次到美國來，是爲了出國見識見識，所謂行萬里路，勝讀萬卷書是。那是我主動要來的，因此勇氣十足的踏上了征程。今番情形倒不同了，要不是前歲與運鵬兄翰書兄接辦公論報，賠了錢想來賺點美金還帳，我又何必「前度劉郎今再來」。美國生活我本來不習慣，再加上事非所願的心情，就更增加其依戀故國的意念了。在理智能控制時，自然不會兒女情長，惺惺作態，但是理智失去控制的時候，這種意念便勃然而興了。

到美國後，第一天還不怎麽樣，第二天起，不論白天夜晚，只要眼睛一閉，便似夢非夢的看到在臺的一切。有時似乎是在家中與內人及兒輩在一起生活、說話；有時又似在外面與常見的友人共聚在一起。恍兮惚兮，若眞若幻，當時好似清清楚楚實有其事，睜開眼來便又不復記憶。但也有些，醒後仍能歷歷在目絲毫未忘的。有幾次都夢到與侯璠和伍振鷟兩位教授下圍棋，又一次夢到向翰書兄發脾氣（按：張翰書教授與筆者爲北大同班同學，情同手足，不拘形跡。張君寬和厚重，筆者則性情暴燥，因此經常向張君發脾氣，張亦不以爲忤，某次張君言：「我要作了皇帝，第一個就先宰了你」，因爲我老冒犯他，又一次在新天地聚會時，張君說了一句極盡諷刺的笑話道：「起鈞要當了總統，我就是第一個紅人，你問問總統駡誰駡的最多？」眞是駡世名言）。有時又似具有雙重「位格」（不知應該怎麽說姑杜撰此詞），眼前似在臺北活動盤桓，但心中却又淸淸楚楚的記得自己是在美國。某次還自己跟自己說不要再留戀了，趕緊回到美國去預備明天要講的功課吧。還有一次彷彿是在泰順街的街口上，遇到了師大同事張平堂先生，我跟他說：「……我現在雖在和你說話，我的人實際是在美國，我不知道我說的這些話，你能不能聽見？」他說：「我聽不見」（這眞是不到的擧手了——一笑），我聽後不勝恨憾若失。

最使我悵惘的還是另外一次。我家地近肆廛，購置什物非常方便，常常早晨叫佣人或兒輩到街頭買幾根現炸的油條回來吃。有一天我分明聽得成兒在門外叫「爸！」我知道是買油條回來了，於是便應聲說：「唉！我來給你開門」。等睜開眼去開門時，那知竟是身在床上，人在美國；乃使我頓然感到無比的悵惘，無比的空虛。這時明月從窗外照入，淸輝滿室，更增加了寂涼落寞的情調。要不是我忍着心腸，忘去一切；試想這一晚還怎麽再睡？

（原載民國五十四年十二月出版之「新天地」四卷十期）

世外桃源

我到夏威夷來這是第二次了。六年前我到華盛頓大學教書時，曾從此地經過，逗留半日；不過，只是在機場和旅館中盤桓了些時而已。那時我與師大同事，李新民教授結伴而行，自東京換乘泛美飛機赴美，經由此地入境。彼時噴氣機還不普遍，泛美的螺旋槳飛機，飛了一夜又一天半而於午飯過後到達檀島。辦完入境手續出了機場只見通往機場的大路，兩旁棚帳絡繹，堆着各式各色的花環，向遊客兜售。許多仕女，也都個個穿着寬鬆拖地，又似睡衣，又似道袍的花綠服裝，而頸上套着一圈花環。甚至還有套着兩個三個的，在這一片「閒弄花環拖睡袍」的氣氛中，我嗅到了「世外之人不知愁」的味道。

隨後我們下榻海濱飯店（Edgewater Hotel，實際應該是水邊飯店）休息，晚飯時，我們步入餐廳用飯，餐廳前水池花樹佈置停當，在華貴中具有一種幽靜的雅趣。時已夕陽西下，素月東升，我們便在餐廳的外廊，找了個桌位憑欄坐下。點菜後擧目一望，欄外便是沙灘，沙灘前面便是大海；原來這正是海濱浴場了。這時天色雖然已晚，但仍有幾個穿着畢基尼裝的人物在沙灘上徜徉，同時也有幾個十多歲的孩子，在沙灘上追逐遊戲。回首廳裏則座中人不是浴罷歸來的仕女，便是遠方來此渡假晒太陽的遊客，頹然陶醉，怡然款語，全是一片歡樂無憂的景象，眞不知人間還有烽火刀兵的存在。我們來自多災多難的中國，目擊此景不勝感慨！其實又何必感慨，試想這夏威夷孤懸在太平洋的中央，四望無鄰，他們既無「胡人牧馬」的威脅，又無殃及池魚的危險。亙古以來，便在風和日暖棕椰搖曳中過着那「小國寡民……雖有舟輿無所乘之，雖有甲兵無所陳之」的寧靜生活。歷史上數不清的治亂興亡，世界上說不盡的殺伐爭戰，好像全與他們無關。前些年雖有過石破天驚的珍珠港偷襲，但損失受害的不過是幾條美國軍艦而已，與島上的居民又有什麼痛癢？何況由於世局的演變，今後便連這類似的偷襲也不會再有了，要不是有些飛機船艦的往返，商品客貨的出入，他們簡直可以大過其葛天氏之民的生活。因此多少遊客不遠萬里來此偷享浮生之閒，而若干寓公，更是想在此地渡其餘生；這眞可說是一個世外的桃源了。

世外桃源雖是難得，但却也不見得一定可羨，在一個受過修齊治平的薰陶，有着歷史文化傳統的人們，却會感覺到這世外桃源的生活實在太貧乏太空虛，簡直要把生龍活虎的羣體生活，縮減到孤立隔絕的個體生存了。縱使無憂無慮，自渡世外生活，但眼看着擧世擾攘，水深火熱，就能心安理得無動於衷嗎？更何況儒家教我們已立立人，已達達人。佛陀更告訴我們：「我不入地獄，誰入地獄」，想到這裏，我實在不知道再該說什麽了。

（原載民國五十四年十二月之「新天地」四卷十期）

灘外風光

上海的外灘是世界知名的，而這裏的「外基基」(Waikiki) 更是名聞世界。連韋氏大字典都列有專字，譽爲馳名的海浴勝地。這「外基基」包括一部份市區和與其毗連的海灘浴場所謂 Waikiki Beach。我到此後，就正下榻在這一地區。當車走過時，成中英教授便指着說，這就是擧世聞名的「外基基」了。每年不知有多少遊客在這裏觀光遊覽，而我也就在這一地帶盤恆了一天兩夜。「遺憾」的是那遊客趨之若騖，萬千玉體横陳的海灘浴場，並未看到。現在只把這海灘以外的觀光勝地，就所見寫來名之曰灘外風光吧。

到過美國的都知道美國的都市（小村莊當然另論）無不是高聳入雲的大樓，夾峙在街旁，而這「外基基」，却是一家接着一家的平房，要不是有幾家刺目突出的大厦點綴其間，我眞不會想到這是與美國有關的都市。尤其給人新穎之感的就是所有這些房屋店舖，不管裏面是多麽精緻，多麽現代化，而外表全是一律的饒有熱帶荒島的野趣。他們不是在門前種幾樹棕櫚椰蕉之屬，便是在窗上繞綴些似藤似蔓的花木，在屋頂爬上些一片綠蔭的莖葉。有些飲食小店門前還樹着熊熊閃灼的火把，更是別有特殊景色，使人一看卽知這是夏威夷，而不是紐約，不是巴黎……不愧是吸引遊客的上乘手段。在鬧衢中有一個規模龐大的市場叫作「國際市場」(International Market，)儘管是店肆千百性質不同，却都一律是矮房野趣；具有夏威夷的風光。這種難得自然之趣的情調，眞比那盛氣凌人的現代建築，不知好到那裏去了。不過地靈還要人傑，假如這裏要是詩人雅士遨遊的所在，那便江山有幸，不負雅趣，而我也不免要流連流連了。但不幸充塞其間的却全是凡夫俗子，蠻荒野物（非人也）。

衣冠文物，原是人們進化的紀錄，顯示人們業已遠離禽獸之境，而別有其高雅的情趣，但這裏不然了，觸目所見盡是裸身赤足之流，你正在訝異、怎麽一個女孩子光着腿光着脚滿街跑，忽然身邊刷的一聲響，又看見一個彪形大漢，滿胸是毛，打着赤膊，橫倚巨臂駕着汽車，疾馳而過。街上來往的不是遊客浴罷裸露返來，便是情侶携手，談笑走向海邊。我們不能說他沒有旖旎風光和原始野勁，可惜這種情調實在不對我的味口。

有了俗人，自有俗事，街上店舖陳列的衣服，不論男女都一律是大紅大綠，大花大朶，俗得令人不耐；絕沒有一件在中國的習俗下，一位讀書人能穿的，但這裏却都奇裝異服不以爲怪。至於衣着整齊，穿着上衣，打着領帶的，則走來走去只看到一個人，那就是我自己。因此，我覺着

「外基基」不對我的味口，恐怕「外基基」也會感到我不合它的味口呢。所幸兩天後我就搬出旅館，告別「外基基」了，後來有人介紹一處很好的房子。熊式一先生邀我一同去住，我堅決不贊成，就是因爲那房子是在外基基。

（原載民國五十四年十一月之「新天地」四卷九期）

從吃說起

北方有句俗話「三輩子作官，學會了吃喝穿」。吃喝穿雖是人生必有之事，但是要想懂得個中的藝術考究却也不太簡單，只有經過三代的優裕享受才能深通奧祕，這時文明的水準，固已大大提高，但是奮鬪上進的意志却消沉頹喪了，世上有幾個人能像孔子，旣在生活藝術方面，是「食不厭精，膾不厭細」（按朱子此句之註，直把一位富人情懂人生的孔子解釋成一個呆頭呆腦的科學家了），而在立身處世方面又能「食無求飽，居無求安」呢？——再看那創業的一代，他們不僅不懂什麽生活藝術，並且也無心留意於此，他們的吃喝穿，若從文明藝術的觀點來看，往往是粗鄙不文，令人可笑，但「觀過知德」，就在這粗鄙可笑中，正反映出他們渾樸奮進的幹勁。而華僑社會的情形就正是類此。

遠在我沒來夏威夷之前，趙在田兄就告訴我檀香山有一個世界最大的中國餐館，內部非常考究，我到此後不久，恰好有位奚建築師邀我參加一個當地僑界的高層聚餐，地點在「位記基留餘齋」（Waikiki Lau Yee Chai）。那就正是在田兄所說的那家餐館了。從門外看，倒沒有什麼，只是在牆上高揭四個大字「世外桃源」有點別緻而已，進到門內一看，果然景象不同，一派全是中國宮庭式的建築，館閣迤邐庭院深深，眞非國外所能見到，加以一切陳設如桌椅都是地到中國的老東西，牆上又都點綴着中國字畫，所以倒也算是古香古色了，尤其難得的在前院迴廊之間，有水池，水池中有假山，後院則有池沼林園，水蓮椰梠相映成趣，規模確實宏大，他是否眞是世界第一，我雖不知，但我從舊金山洛杉磯到紐約華盛頓都吃過中國餐館，倫敦、巴黎、羅馬以及西德的佛朗克府、慕尼黑等地的中國餐館，我也吃過，凡屬我去過的，那都確實沒有這裏宏大，並且還懸殊得很多。可見名不虛傳了。

落座後，照例是倒上冰水，送上茶來（冰水是美國的習慣，茶則爲中國餐館所特有），我低頭一看，只見所有碗盞盤子都是一式定製的，盤子上面還特別燒的有字，我拿過來看時，字是：「位記基留餘齋」，下面又是兩行小字：「世界最大馳名最瑰麗，中國大酒家及夜總會」。我先一看簡直不懂，再看看懂是懂了，但是這份彆扭，就別提了。這時又恰好看到他們兩句自我宣傳的標語：「宣揚國化允無雙，新建園林稱第一」。也是怎麼看，怎麼不對勁，愈念愈覺得難受。轉念一想，我是到這裏來吃飯的又不是來看文章的，管他通不通呢，只要菜好就行了，看他們勢派如此之大，又自我標榜「世界最大馳名」，難道還不從香港廣州找幾個名廚，作一手好菜麼，再者今天與座之人，全是工程師、會計師、銀行家……等有錢有地位的僑胞，不用說全是吃過見過的，菜要不好，還能在此餐敍，想來會有一頓好吃了。那天一共是三桌，大家圍着圓桌而坐，看樣子還是正式酒席了。不過旣是酒席怎麽沒有冷盤呢？正在尋思，堂倌托着大油盤上菜了，菜是用中國老式的雙耳圓鼓子（寸半高、九寸直徑的圓柱體盛器）上的，每桌放了兩鼓子，我心說：怎麽？這是「二元論」？向桌中看時，兩鼓子裏，裝的一式兩碗帶湯的煮豬肉，這就把我弄的莫名其妙了，你說那算是湯，裏面却一律全是一寸多寬，四分來厚的大塊豬肉，怎麽算是湯？你說那是酒席的頭子菜，則又稀裏逛蕩的除了些塊肉外，只俏了點醃雪裏紅而已，難道這就是主菜，再者在國內豬肉是很少上酒席的，大家都認爲那是粗菜，而現在竟把他首先上來，想必是精工特製裏面別有文章吧，那知我一吃時，不僅就是普通的家常菜，並且口味還不大高明，假如我家裏要端上這麽一碗菜來時，我一定很不高興的要請我太太拿下去再重作一番。但我留心同座的人們，好像並無此感，反之却全都狼吞虎嚥不停的吃用，一刹那間便把這兩鼓子連湯帶肉吃完了，正在這時第二道菜上來了，是一盤雞，一塊一塊的也說不上是油燜還是爆炒，雞一放在桌上，那邊那個堂倌就捧上兩小盆飯來放在桌心，跟着就把飯碗遞過來，原來是開始用飯了，大家飯還沒盛好，又是端上一個高脚七寸盤子來，上面滿滿的堆着兩樣東西，一半是松花一半是鹹鴨蛋。——天哪！這種安排眞使我啼笑皆非，不知所云，但也只好跟着一起胡吃吧。這時侍者在旁，拿着大壺，往返逡巡，給你添注冰水，他們硬是「常使杯中冰水滿，那管席上菜色差」（當然他們認爲那已經很好了），接着又是三四樣平平常常莫談口味的菜，連鹹鴨蛋在一起共七道菜，便算是功德圓滿席終人散了，這樣的酒席恐怕國內的同胞誰也沒吃過吧，然而這就是「世界最大馳名最瑰麗」中國餐館的菜了。

這一席飯囘來，使我發生極多的感觸，這不僅是偶然的一席而已，他實是整個僑胞社會的反映，這種亂七八糟，莫名其妙的吃法，正是僑胞意態情調的產物，否則他還如何能立足，何況還標榜第一（按：他的生意好得很、半年來已歇業拆房，重建輝煌的大厦呢）。因此在某一方面說，足見僑胞社會的樸鄙不文，但從另外方面說，則這樸鄙不文正反映出僑胞們的創業精神還未腐化，還有足够的幹勁。因爲今天僑胞已不是一百多年前挾着小包袱「過番」的情形了，今天僑胞早已家成業就優裕富饒。尤其夏威夷的華僑，更可說是富甲連城，豪邁一方。他們早就有資格講吃講穿了，至少早年參觀京滬，當前買市香港，看也早看會了，然而他們仍然保持這樸鄙不文的生活狀態，足見其意趣之一斑。尤其要看到某些僑領的實際生活就更能清晰的印證。

我離開臺灣時一位朋友給我寫了個片子，介紹看一位許先生。匆卒間，也並未說明這位許先生是作什麽的，後來到夏威夷後由一個學生開車前去拜訪，找了半天都找不到這個地方。最後按圖索驥一號挨着一號找，原來乃是一家又破又舊的老式小雜貨舖。這個雜貨舖便是在臺北、香港，也算是又破又舊又小的雜貨舖了，其實我們早就經過其地，但萬沒想到會住在這裏，進去一問果然正是，伙計指着從店旁小道轉到房後便是。那是兩間類似上海弄堂裏的小房子（還沒有樓），又老又舊，屋中塞滿陳舊傢俱，案上供的神佛，而那位許先生則正汗衫短褲躺在一張舊沙發上睡覺呢。看見人來，才馬上入內更衣相見。照他這種景況，衡以夏威夷的生活標準，縱不是一名苦力，最多也不過是一位店伙了，那知此公却是不折不扣的一名僑領，片子上頭銜十幾行，社會上活動得很。拿產業來說，光是房子他就有一棟值幾千萬美金完全現代化的公寓大厦，但是他自己却仍然和老妻住在六十年前的老巢。

後來有一次同張瑄教授談起，張說這算什麽稀奇，就拿此地最有錢的陳某來說吧，現在正在興工的「伊利開」大厦，還未完工，已公認是檀香山三大據點之一，這大厦是一個三叉形的「公寓旅店」（Apartment Hotel 這種旅店，國內還沒有，他的房間是一組一組的，每組都是一所寓宅，一切家庭設備俱全，但也和房間一樣的，向旅客出租）。寓宅也租也售，售價是自美金十萬至五十萬不等，這一大厦共有三十層（如連三叉合併計算，等於是九十層，每層寓宅無數）你說該值多少錢？，而這大厦還不過是陳某的事業的一部份，其財力之厚可見一斑，但他個人的生活情形和這位許某還不是差不多。再如一位醫院院長朱某，獨自擁有巨型醫院，資產豪富，他往來於夏威夷各島都是乘私人自備的飛機，其富可知，但他的老太太七十多了，現在還每天站在雜貨舖的櫃臺裏包包貨。妙在她的兒媳婦，也就是那位院長夫人，也隨侍在側，一方面伺候婆婆，一方照顧業務，你當人家一天都打牌跳舞吃喝玩樂呢——

正由於這種克勤克儉的精神，才使這些一百年前赤手空拳跑到夏威夷的僑胞們，今天揚眉吐氣，掌握了社會、經濟的大權。參議員是中國人，敎育廳長是中國人，警察局長是中國人，會計師、律師、工程師……簡直說不完，尤其在經濟方面，更是壓倒的優勢，幾乎所有的買賣商店都是中國人的，五家銀行是屬於中國人的，島際航空公司是中國人的……這些事，本來也沒有什麽了不起的，但是，他們當年既無現代知識，又無政府支持，遠離異鄉，寄人籬下，而今天能有這樣的成就，試想一下那是多麽的艱苦卓絕，南洋一帶的僑胞其優勢還遠過於此。但那些地區的僑領富翁，往往是以冒險犯難而起家(當然那也不容易)，社會上又無有力的競爭對手。而夏威夷的華僑則是在强有力的對手下，遵循着合法正軌的途徑起家的。從這一觀點來論，他們今天的這些成就，實是中華民族能力優越的表現，而値得我們引爲自傲。因此不懂生活藝術，不會吃穿，又何害其賢。反之却正是其勤奮上進，未曾腐化的表現。今天我要對子弟學生表示願望的話；我寧願其粗裏粗氣不懂生活藝術，也絕不願其失去勤奮上進的精神，你說是不是。

(原載民國五十五年四月「新天地」五卷二期)

華埠遊行

大概是中國人口多的緣故吧，全世界無不有中國人的蹤跡。美國是一個移民國家，這種情形就更加顯著，從夏威夷到紐約，所有像樣點的都市，不僅都有大量的中國人，並且還都有個「唐人街」。這其中以舊金山的唐人街最爲闊綽體面。這一帶的幾條街，不僅全是中國店舖，中國商貨，中國色彩情調，中國招牌對聯……甚至連街上的路燈都截然與其他各地不同。置身其間實在不能想像這就是美國，尤其以這唐人街爲中心，每年還有許多特殊的活動來點綴，例如舞獅子，耍龍燈，選華埠小姐，華埠遊行……等，就更增加了中國的氣氛，更提高了這唐人街的聲望。

一月二十九日（陰曆大年初九），也就是我要離開舊金山的前夕，田之雲夫婦，又在唐人街請我吃晚飯，我和朱文光說既然要去，我們就早點去，順便在街上逛逛看看，於是我們五點多便從巴克萊乘車到達舊金山了。出了車站，走沒多遠，就感覺情形有些不對，只見路上有些個警察，似乎在警戒。而馬路兩旁一羣一羣的人都站着不走，不知是在幹什麽。愈往前走，愈是如此，甚至街中都已車輛改道，禁止通行，這究竟是什麽大事？及向人們一問，才知道正趕上一年一度的華埠大遊行，這倒是不期而遇，我們就停下來看吧。這時平素車水馬龍的街心竟然空空蕩蕩，寂靜如睡；而馬路兩旁的行人道上則堆積着一層一層的人羣，指手劃脚，拭目竚候，那情形就好像臺北雙十節，大家在重慶南路看閱兵的樣子，所差的就是沒有人頭天帶着舖蓋來佔地方而已。

約摸等了半個多小時，遠遠地聽到大掛的鞭炮響聲；這竚立人羣們，便隨之精神一振，知道遊行的隊伍要到了，又過了幾分鐘，首先高高的看見兩個戰士，騎着兩匹高頭大馬，緩緩放轡前導而來，後面接着就是許多慶祝標語，馬年標幟，分由許多青年掌舉着，列陣而行，這些青年個個都精神抖擻，魁梧軒昂，有些個從遠處看就高大得和外國人一樣。標幟旗仗過了之後，便是魚貫而來的小汽車，這汽車的兩旁，全是大幅大幅的字，書明車中人的姓名官銜，計有參議員、衆議員、市長……等一應百官，總不下三四十輛；而其中最引人注意所過報以掌聲的，乃是新上任的加州郵政局長，因爲他是一個中國人。這些權貴的車過之後，便點綴了些純中國式的開路神、顯道神之流的，搖搖擺擺幌來幌去，極盡噱頭之能事，然後跟着一隊樂隊，樂隊後面接着就好像是學生隊伍……樂隊穿着制服，吹奏而過，看不大清面孔，等學生隊伍走過時，朱文光眼尖，指着說：「那是外國人呀。」（我們中國人在人家國家裏，還總管人家叫「外國人」，眞是妙到無以復加）我說「那裏？中國人的華埠遊行外國人來幹嗎？」說着又過來了一隊，朱文光說「你看」，我擦了擦眼鏡，使勁往前看去，果然有些蹊蹺，正在尋思，一隊女孩子過來了，這下眞象大白，那不個個都是高鼻金髮的美國女郎麽？以此例彼，不僅朱文光看的不錯，就是先頭那個打着「中華民國萬歲」牌子的青年，也一定是美國人了，這可眞使我大惑不解了，華埠遊行，竟是美國人在列隊參加，可謂是拔刀相助，共襄盛擧了，想來是美國孩子喜歡玩，好起哄，跟着一齊湊熱鬧吧，那知在幾隊穿着動人服裝，露着玉臂粉腿的女子樂隊走過之後，竟是美國的軍警隊伍出現了，前後錯綜而來的不下二三十隊。有的是樂隊，有的是徒手，有的則是荷槍背彈，全副武裝，我和朱文光說這簡直是臺北的國慶閱兵麽。軍隊是代表國家的，怎麽也跟着一齊湊熱鬧，並且參加的還是這麽多的兵種，他們紛歧不同的制服，我也無法辨認，但至少空軍、海軍、和警察的制服我是認得的，怎麽這都可以派來湊趣麽，至少我想十九世紀的大英帝國是不會肯的吧，看到這一幕也就够了，後面的花車、華埠小姐等也就不必看了，何況約定吃飯的時間已經快到。

等我們吃完飯出來，天巳是十點左右了，遊行的大隊早巳解散回去，但唐人街上却仍是擁擠不堪。多少美國孩子拿着鞭炮在這裏放着玩；甚至還有些男女青年，彈着吉他就在街心跳舞，好像比他們自己過年還高興。這種薄海同歡，熙融一片的情調與那列隊參加共襄盛擧的鏡頭，實使我受到很深的感動，我這感動是對僑胞奮鬪成就的崇敬。

上次我在唐人街「冠園」餐館吃飯，看到牆上所繪華僑來美的故事，他們當年到金山來的，不是挖鑛的鑛工，就是修鐵路的苦力，環境艱苦，一無憑藉，但才百來年的時光，不僅豐衣足食出人頭地，而一個「華埠遊行」竟能如此哄動，當地人士，不僅政府首長躬與其列，甚至警憲三軍都派隊參加。他們這樣活動能力的表現，社會事業的成就，該是多麽值得我們敬佩，同時又想到我們有這麽多忠貞愛國而又具影響力的僑胞在美國，而我們自抗戰末期，直到現在，對美國的外交，竟然沒有辦好，面對着這些僑胞，我們應該有點慚愧吧。

（原載民國五十五年四月「新天地」五卷二期）

週末渡假

我們中國古時雖有「休沐日」，却多半是想眞個在家休息休息，清理清理而已。維新以來，我們也從乎西俗而有所謂「禮拜天」，事實上這一天既不去禮拜，也很少去郊遊。尤其自抗戰以來，公敎人員生活式微，根本就談不上享受這個週末，反之大家所盼望的，是在緊張工作之餘，乘着這個假日，辦辦私人的事。可是在美國就完全不同了。美國人不僅禮拜天不工作，就是禮拜六也不上班，一個禮拜忙過五天後便攢足了勁，在這兩天發洩發洩，享受享受。再加上美國人體魄强健，喜在戶外活動，因此一到週末，大家便紛紛遠離寓宅奔向郊原遊樂。於是條條公路都有着無盡的車流，山阿水曲無不看到遊人的踪跡，那誠如李科克（Stephen Leacock）所說的「他們侵入了原野，淹沒了山林，充塞了旅店」，眞是洋洋大觀，國之大事。

但這些熱烈的場面，我們中國人却難得躬與其盛。我們一向過慣了一禮拜作七天的生活，那裏想得起度什麽週末？尤其是短期作客的人，人地生疏，又不會開車，更根本是莫作此想了。我們所唯一能分享的只是大家走後剩下的一片淒涼，滿處清寂。尤其在學校內，感覺得特別清楚，平日熙攘往來，鬧烘烘的到處是人，而一夜之間，到了星期六的早上，便四望無人，全無聲響，沉寂得令人可怕。好熱鬧的美國人，當然受不了這種氣氛的威脅，不度假也得去度假，我則寧願享受這難得的寧靜，而不願去漫逐人潮。但沒想到我這好靜不好動的懶客，居然竟也有一次跟着起鬨，加入了週末度假的行列，眞是意想不到。那是我要離開美國前夕的事。

我從加拿大回來後，身心疲憊，倦怠不堪。因爲不僅一路節目緊湊，事情緊張，尤其我一向有個午睡的習慣，而赴加之行，竟然連續着一個多星期沒能睡午覺，試問在那種起早睡晚，全日應對的情形下，怎麽受得了。當時提着精神應付，等一回到炭谷鬆懈下來，便頽唐不堪了。於是便有兩位美國朋友，邀我去郊遊，一則休息休息，二則看看美國人週末度假的風光，三則也算給我餞行。這時我也恰好需要到東聖路易去辦離境清稅手續，正好兩案合併辦理，於是便決定隨之前往。

我們度的是五月最後一個週末。那一週恰好趕上星期一五月三十日是美國先烈紀念日（Memorial Day），全國一致放假。於是這個週末便一連有三四天的假期，通常稱爲「大週末」，遊人之多，更是可以想見。爲了避免擁擠的人潮，我們便決定到三百多哩外的開斯味樂（Cassville）去度假，這裏地處密蘇里，奧克拉馬，和阿肯色三州邊區的山中，想來一定冷僻人少，眞能休息休息，何況又號稱是歐薩湖區風景最優美的地方呢？

到了星期五，也就是五月廿七日那天，為了要趕到聖路易辦事，上午便出發了。我們避開到聖路易常走的大道，而把汽車開向伊利諾州的邊緣，沿着密西西比河駛行，然後，在聖堅尼斐（Set. Genevieve）的渡口渡過大河，進入密蘇里州。密西西比河貫穿南北，地勢衝要，到美國的人無不往返跨越，但是在這遼濶的河面上擺渡而過，却是難得的經驗。因此我便走出汽車站在船頭好好眺望，享受一番。這時水波不興，清風拂面，眞使人有飄飄欲仙之感。因此心情輕快高興，一如六年前在倫敦泰晤士河中與西門華君搖槳泛舟了。

渡過河去，直到聖路易，一路順利。等到把事辦完時間已是下午三點多鐘；這時再上征程，情形便完全不同了。機關學校都已開始下班，正式的週末即將開始，於是汽車便如洪水般湧塞在街頭。那樣寬的馬路汽車硬是開不動，費盡了力氣才勉强開了幾步，不是紅燈攔住，就是車輛擋着，總之讓你無法走出重圍。好不容易轉進了超速幹線，滿以為可以長驅快跑了，那知這快車道上也是一輛跟着一輛塞滿了車流，使你無法驅馳。所好的還可以按照常速跟着前車走而已。這樣一直往西南足足開了一百多哩逾過柔拉（Rolla），然後，車輛才慢慢稀少起來，纔沒有排除的感覺。等到過了春田（密蘇里州的春田，按美國的地名，以及街道名，總是那幾個名字，來回來去的用，所以重複同名的極多）進入山區已是夜晚。只見公路兩旁，略有景致的地方，都有專供遊客的公寓旅館，而這些人跡罕到的窮鄉僻壤，竟是家家客滿，戶戶停車，眞是大出我這土包子的意料之外。若非事前預訂旅館，那就只有露宿在路邊了。

我們住的一家旅館叫作橡山院（Oakhill Court）那也如其他的旅館一樣，都是一棟一棟的小房子，散佈在路旁山林之間。每棟房子自成單位，內部鍋盆碗竈、水電冷氣，一應俱全。我們也如其他遊客一樣，把車中帶來的各色什物搬到屋內，作好來吃。吃完之後已是午夜了，我們又到林中漫步賞了賞夜色，才回房就寢。

第二天起來駕車四出遊覽，只見水濱溪畔無不是男女雜沓，老幼成羣。有的在滑水，有的在釣魚，有的是情侶賞玩相逐，有的是兒童奔跑遊戲，更有的帶着帳篷，携着鍋竈，全家住在林內，住在湖邊，所到之處全是一片熙和無憂無慮。反觀我自已、既對這些遊樂沒有興趣，玩不起勁來，風景也只有那麽美麗，不能引「我」入勝。而腦子裏，又惦記着要摒擋什物準備歸國，試問那裏有心腸在此留戀，只不過是礙於人情不得不來，既來之後又不得不隨緣同樂而已。如此勉强應付，隨着人走走逛逛，吃吃玩玩，好容易挨過了兩天，才算度完週末，命駕回程，而於星期一的下午趕回到學校。人家問我玩的怎麽樣，我只能說看到人家玩得高興，有了週末度假的經驗而已。

（原載民國五十五年十月之「新天地」五卷八期）

南面觀瀑

尼加瓦拉大瀑布，號稱世界第一，來到多倫多的旅客沒有不去看看的，何況又是有約在前。因此在赴龍山別墅之前，詹君便先帶我前往一遊了。

尼加瓦拉大瀑布是位在美加五大湖中伊利湖與安大略湖兩湖之間，伊利湖水平如鏡，一望千里，到了美加邊境之處，突有一段地區斷崖陡陷，下臨深谷，湖水便從這裏傾瀉而下，懸墮谷底，形成了舉世奇觀的大瀑布。我國貴州省鎭寧縣內也有一個碩大非凡的黃菓樹大瀑布。抗戰期中往返西南道上的人士，無不知曉。我曾三次經過，每次都駐觀良久，當時以爲雄壯奇偉，歎爲觀止了。那知比起這尼加瓦拉來，不僅是小巫見大巫，簡直是大小懸殊，不能成比例。就幅度來說，黃菓樹瀑布頂多不過十來丈寬廣而已，而這一瀑布，則規模偉大，湖水瀉入深谷後，使這條袋形的深谷，變成了一條河，流入安大略湖，這瀑布便沿着河的南岸經繞袋形底部直到河的北岸一部份，宛如一柄巨型的「古人服飾所用的帶鉤」。這柄帶鉤在鉤柄與將要彎曲的部份，被山岩隔阻形成了兩段，鉤柄那段全在河谷南岸，地在美國境內叫作美國瀑布，高度是一百五十八英尺，而那彎曲的部份，也就是前說的袋形底部那部份，則在加拿大，叫作加拿大瀑布，又因了它彎曲似馬蹄，也叫馬蹄瀑布(Horseshoe Fall)，高度是一百六十七英尺，而這整個帶鉤的周遭竟是長達一兩里之鉅，試問黃菓樹瀑布怎能倫比——這是就兩者的幅度來講，再就水勢來說，黃菓樹的瀑布，縱然雄壯，但遠遠看去，不過是三條水簾（按黃菓樹瀑布水分爲三股下注），終還可叫瀑「布」，但尼加瓦拉瀑布却不同了，它是水勢洶湧，翻滾而下，簡直是一片水山或水城，那裏還能用「布」來名狀，最使我驚奇的，還要算那水的顏色，一般說來，水總是無色或白色的，至少流水瀑布總是如此的。但此一瀑布的顏色竟是白綠相間的，那就是說在一股一股白流之中，間隔着一股一股的綠流，這綠色並非是反光，而是清清楚楚的現出一種秋香綠色。我們若一定要把它比作「布」，這尼加瓦拉絕不是一匹白練，反之它將是一匹白綠間錯的條子布，這眞是我生平未有的經驗，再加上它聲勢雄偉，場面浩大，眞不愧爲世界奇觀，因此我往返觀賞，反復端詳，時而憑欄遠眺，遙望對岸的美國瀑布，時而走近湖邊，面對面的把玩馬蹄瀑布的壯瀾，有時冒着迷濛的水霧下視水落谷底的怒濤，有時又攀登高臺，縱覽湖山風物的全景，眞是遠有遠的美觀，近有近的妙處，使我流連了兩三小時，都捨不得走。沒想到旅途中竟能飽此眼福，可謂此行不虛了。

（原載五十五年八月「新天地」五卷六期）

太平洋上

我幾次長距離的飛行，都是往東飛；而往西飛這囘還是首次。往東飛是與太陽背道而馳，在從前交通速度慢的時候，不大會有什麼感覺，而自飛機發明後，便明顯的突破了人與自然秩序的均衡，使人顯著的感到日子過得快。記得上次從伊士坦堡飛往香港，晚上上的飛機：乘坐未久，錶上時針才指到三點鐘，竟已旭日當空，大天大亮，眞使人的心情無法追上。這次往西飛；情形就正相背反了，往東飛是和太陽背道而馳，往西飛却是跟着太陽後面拚命的追，一直追着太陽走，所以日子就老是過不完。我下午四點鐘從聖路易啓飛，足足走了十個鐘頭，而到了夏威夷，才九點鐘，正是華燈初上的時候，可是我已經連晚餐再宵夜，在飛機上吃了三頓飯了。

從夏威夷啓飛是當地十二點多，上了飛機後，又開始耗日子了。吃完飯，睡完午覺，一看天還是如此，再看了半天書，時光仍是照樣，儘管錶上的時針早已到日落西山的時候了，而太陽依然高掛在天空。眞是讓人感到一種異樣的不耐。再往窗外看去，則無涯無盡的海水直沒天際，在近處還可從水紋辨認出是「水」，而在遠處則與上面的天空一色相連，好像整個宇宙就是混沌一體，無分無辨一樣平常，我們看到地面上的山河不斷向後溜過，因而知道我們的飛機在飛行，現在整個空際，渾然一體，因此儘管是噴射高速，而飛機却好像懸掛在天空，毫沒有行進的感覺。再加上陽光又永遠不變，於是簡直使人不再有時間和空間的觀念了。正在這時，遙遠的前方忽然發現一堆一堆的白雲，好像無數孤立的山峯一樣平鋪在下面。尤其在青碧的天空，閃耀着陽光，特別皎潔得可愛。一時忍不住使我這俗人，也居然詩興大發，拿出筆來謅了幾句，（按：這不是詩，因爲我不會作詩，只不過表示內心實況的幾句短話而已）。

「白雲有致堆脚底，
碧海無邊接天靑，
宇內已無塵濁物
海闊天空任我行。」

接着又飛了一兩小時，忽然有一片深色的東西，遠遠的漂在海中，飛近看時，原來已是日本的島陸了。轉眼間，地形漸漸看得清楚，山巒起伏，湖泊錯落，都已送入眼簾。心中好不高興，知道就要捨空就陸，降落在這島上了，雖則它是崎嶇起伏，不能淸平一如高空。於是又乘興謅了四句道。

「已御長風幾萬里，
豈戀天上樂無窮，
俯見人間煙塵起，
飛下雲端救（諧「就」）蒼生」

這兩組短句，有某大詩翁，把他改正成很漂亮的兩首小詩，但我不敢掠美冒充會作詩，因此還保留着飛機上謅的原句，以作飛行太平洋上的一個眞實紀念吧。

（原載民國五十五年十月一日出版之「新天地」五卷八期）

〔三〕

金元世界

人人都說美國是「金元國家」，那意思是說美國非常富有，到處是錢，就如當年馬哥孛羅說中國是遍地黃金一樣。人人又都說美國的外交是「金元外交」，那意思是說美國利用金錢的力量來維持和推動其對外關係。不錯，美國是非常有錢，是用金錢來辦外交，但這只是其金錢勢力的一小部份，並且僅是表層的淺象。實際上美國是澈頭澈尾籠罩在金錢的勢力裏。從個人到社會，從政治外交到學術文化……那一件事，骨子裏不是金錢？錢之重要，固然中外古今無不皆然，但其勢力之大，影響之深，却絕沒有今日美國之萬一，假如你要身臨此邦，細心體會一下你當會感到這眞是一個金元世界，財神（假如眞有掌錢之神的話）的樂園。

在舊日的農村社會裏，可以終年生活不要一個錢。米是田裏種的，菜是園子裏栽的，豬是家裏養的，來客時，添雙筷子就是了。要加菜後院捉隻鷄，櫃子裏拿兩個蛋，就滿好了。卽令要到街上買些油鹽布匹之類，也只消記一筆賬，到秋收時，挑幾擔穀去就算了，那裏用的着錢？但在今天的美國却不行了，不要說吃穿使用，樣樣都要錢，就是行車走路也要錢。有一次看到朋友的車上放了很多零錢，我說「怎麽這些零錢都擱在這裏？」——「隨處都得買路錢，不丟錢不能過去，沒有這些錢怎麽行？何況停車也要錢」。不僅如此，還有人說笑話，出門拉屎也要錢，因爲你不把錢丟進去，厠所門不開，總之一切一切都非錢不行。假如你對這套煩了，想找上帝訴訴苦去，上帝的今日使徒，也不准你白進教堂。儀節崇拜還未正式開始，先就派人持袋下臺，挨座敬請「奉獻」了。你還能不奉獻。外國人信教都多半隸屬於固定的教堂，因此有些教堂，就索性替這些信戶「免費」印製許多奉獻袋，不僅姓名住址淸淸楚楚，就是日期也都依序印好，一年五十二個袋子，每週一個，依次奉獻。你想「逃稅」？甭想。最近還有少數更近代化的教堂，根本就在門口按上攔門機，丟了錢才能進去（這是一位在天主教中有很高地位的人，親口告訴我的。因爲他也對這種措施認爲很遺憾）。爲什麽？道理很簡單，教士也要用錢，他們也不能餓着肚子爲上帝服務，更不能白白的伺候各位大爺。（教士們把崇拜儀節等工作，也叫 Service，我眞是忍笑不住）

在這種大氣壓力下試問那個人不認識錢的重要，那個人能不逼上找錢的路？於是在美國的社會中，便很自然的「自天子以至於庶人壹是皆以『弄錢』爲本」了。

有了錢不僅衣食無缺，盡有物質上的享受，並且在精神上還是最良好的「成功」表現。你學問好誰懂得，道德修養好又有誰希罕？但是一輛名貴的汽車，一棟華美的洋房，却能使人人都知道你有辦法，人人都知道你有的是錢。有錢！那還得了。（在此金元世界中，大概很少有「口不言錢」的，更不會有嫌銅臭氣的）。那還不欽敬艷羨？愈有錢就愈受人艷羨，也就自然的地位愈高。當年拉斯基（Laski）訪美歸去後說了句極諷刺的話道：「美國一切都平等」（意思是說美國不分價值、高下），其實這句話應該修正一下「美國一切在錢的面前都平等」（當然，種族歧視不在此例），只要有同樣的錢，自有同樣的地位。反之要是貧富懸殊，誰來跟你論平等，除了在口頭上。只拿住宅來說吧，窮人是窮人的住宅區，富人又是富人的住宅區，以及黑人區、貧民窟等層次判然，區劃分明，絕不混淆，並且也絕不許你混淆。（筆者前六年在華盛頓大學任教時，在學校附近託人租了間房，房東一再叮嚀，對外只能說是朋友來此渡假浮住，絕不可說是房客。因爲那一帶是相當高級的住宅區，高級住宅是不容許出租的。如其膽敢出租，四鄰便將羣起攻擊，因爲你貶低了全區房子的身份和價值。）窮人一定要擠入高貴之林，那也很簡單，先把錢找來再說。美國是「英雄不論出身低」的，論的只是錢。

因此大家的行止抉擇，無不是兩眼看着錢，選行擇業固然是依錢而定取捨，職位機關也同樣是依錢而決去留。那裏錢多那裏去，天公地道視爲當然，絕無什麽情面好講。這還是說一般安分知足，依人作嫁的人士，至於那些有野心有才氣的豪傑之士，更是「好小子不掙有數的錢」，索性就滾到錢海裏從事企業去了。一種社會培養一種人物，金元世界中的豪傑之士，那確是對弄錢有一套辦法。他們在這方面精明強幹，有膽有識，只要留心一下那些實業的規模營運，你便不能不對他們的有眼光有魄力有辦法……衷心歎服。尤其他們對商業的經營，那種靈活、稱旨、可說已至「目無全牛」的境界了。一個風頭不對，幾十年的大公司可以連夜關門出倒，絕不施泥帶水。一看有苗頭，馬上可以幾億的資金投下去，相期於數年之後，絕無半點躊躇吝嗇。貨要出手，或是要用來餌釣顧客，一元成本的東西，可以兩毛錢出售。再一看客人非要不可，又馬上可以提價到十元。「昨天這個貨不是你們還賣兩毛來着嗎」，「對不起，我們不跟你講歷史，九塊九毛九，錢是你的」。六年前我在華大任教時，聖路易還有電車。一次我下車時，司機叫我補錢；我說「上車時，不是給足了麽」。「不錯，那是清閒時的車價，現在已到上下班加價的時候了，所以要補」，這眞使我錯愕不知所云。按照我們中國人的想法上下班時乘客多，就是降低票價，也可「薄利多收」了，何況人又擠，車又慢怎麽能談得到加錢。但是他們就卡着你非坐不可，加你一毛錢，這不是趁火打刼麽。然而就在這種趁火打刼的方式下，把錢弄到手了。這是「强收」，另外還有「軟取」。他們的宣傳既多且好，廣告更是作得動人心絃，有時硬是連哄帶騙，使你糊裏糊塗的就把錢送出去。常常有許多到美國去開會的土豹子，走的時候連旅館錢都拿不出了。就是上的這種老當。最妙的，美國的豪傑之士，會能主動的向你斂錢。按照經濟原理，不論古今中外，都是人們先有某種需要，然後才有人生產這種物品，向人銷售。但美國人的辦法多了，往往你根本連作夢都沒想到有這種需要，然而他們却先發明了一樣東西，向你大力宣傳大量介紹，並且不厭其煩的在電視上教你怎麼享用，隨後你的錢就自自然然的滾到他們的口袋裏了。（這種辦法實是商業上的一種革命性的手段）。

錢滾到口袋裏後，他們並不像山西人一樣，把它化成「沒奈何」凍藏起來；反之他們却把這錢當武器來導演環境，開創新業，而賺更多的大錢。創新業、再生產，這倒不稀奇，自來的實業家全都會這套，但是却不能像他們這樣有頭腦、有魄力。他們把錢灑出去，要使整個社會，順着他們的需要來發展。合其口味的給錢資助，使你成功，順利發展；不合口味的，拿錢扼殺你，使你一籌莫展。甚至你想罵罵他們出出氣都不行，因爲所有報紙雜誌、電視……無不靠他們的廣告活命，誰敢惹老板斷財源。而政府、政黨之受他們操縱那更是有目皆睹的公認事實。政府有時也有不利他們的立法，例如極苛刻的累進稅是。但是他們自有對付辦法。有時是將事業收入化整爲零，有時則索性捐出去資助社會文化事業。表面上既是附庸風雅，博致高名，實際上却是變相的發展輔事業預作未來的打算，不過棋下得遠一些，使你難得看出而已。因此有人懷疑一些基金助的設立根本就是把錢存於外府，換個面目來經營，例如最有名的洛氏基金和福特基金便曾兩次受到國會的澈底調查，個中底蘊便可思過半矣了。這捐錢妙用最著名的例子，莫過於洛氏捐贈聯合國會址的故事，聯合國當年籌設時，本計劃設立在舊金山，以象徵對東方世界的側重。這時洛克斐勒說話了，他可以捐贈聯合國建造會址全部的地皮及費用；但是條件是須設於紐約。在我們中國人一向是講「正其誼不謀其利」的，這關乎世界政策的大計，怎能爲了一筆款子，而牽就一個私人的意見呢。但在這金元世界中是一塊錢都要計較的，何況這麽一大筆數目，結果這世界政策，就不勝金元的壓力，乖乖的投降了。於是洛克斐勒便在他紐約市區東河岸邊，比較荒涼的地區，挖出一小塊地方送給聯合國。等聯合國大厦蓋好，萬邦與會冠蓋雲集之後，那帶荒涼地區，身價陡漲，其土地增值所獲的收益、遠超過其贈與總值不知多少倍。至於政策轉變後，給洛氏事業帶來之不可估計的好處還不必提。名利雙收，運用之妙莫此爲甚，而那金錢勢力之發揮，也就歎爲觀止了。縱令呂不韋復生，也要拜服吧！

大家本來就都在拚命的弄錢，而又有這些豪傑之士在裏面領先和運用，於是就形成一股波濤洶湧的金元怒潮。從小處看，美國上下，男男女女，無不拚命的在弄錢，錢弄到手後又再拚命的往資本家手裏送。（按美國人喜歡掙錢，更喜歡花錢享受，十之八九都是掙一個花十個（用分期付款的辦法），只有負債，絕無存款，資本家只是極少數的人）。從大處看，全世界的金銀財寶，又都不斷的滾到美國。俗語說「有錢使得鬼推磨」，既然成了錢的總滙，有了金山，自然可以稱心如意，爲所欲爲了。國際上可以拿美援來操縱，聽我的話，給你錢，使你起死囘生。看着不順眼，美援撤退，坐待你局勢的「澄清」。誰敢不看我的顏色，國裏面更是「有錢辦的稱心事」了，社會文化諸般事業（按工商企業，是其「生財」，乃致富之源，所以用不着提了）想辦什麽就辦什麽，想怎麽作就怎麽作，並且還都是錢多勢大到史無前例，駭人聽聞的程度。三句話不離本行，就拿學校來說吧，伊州大學，目前每天的維持費用是美金七十五萬元。加州大學，巴克萊一校的經常費超過臺灣全部的預算。再如筆者現在執敎的南伊大來說雖已是相形見拙了，然而也是房屋幾近半城，林木湖山應有盡有，甚至還擁有飛機和飛機場。五月初筆者與系中同仁，到明尼安浦尼斯去參加全美哲學年會，就是乘的學校專機，由自己的機場起飛的。這簡直比一個小國都富。試問非洲新成立的，那些大可不必有的國家，那裏有十幾架飛機？尤其令人艷羨的，美國還憑這金元之勢，而承天下之流。全世界的奇珍玩好古董書畫，無不或明或暗的流向美國，無數的優秀青年從世界各處負笈來美就學，並且類多是一去不返。同時並有數不盡的卓越的音樂家藝術家和一流學者，從世界各地敦請到美國……以至物阜人傑蔚成一代之盛。或問這樣發展下去，豈不就眞要變成人間勝境，世界宗邦了嗎？——那倒也未必，它並非眞的一如所表現的那樣美麗；反之在絢爛輝煌的表象下，實潛在着嚴重的缺點和危機，不過不是一般人所能看到的而已。

美國今天的盛況，可說是在「錢」（包括追求錢的精神）的力量下造成的，但問題也就出在「錢」的身上了。「錢」雖然非常重要而有效，但却並非世間唯一的要義，它最多只可算是三四級的東西；它必須有所「待」，那也就是說必須有所歸屬和附麗，否則便只有盲目泛濫；雖是水勢汪洋一片，却不見得裨益舟楫灌溉，反之却可能正是衝決堤防，漂流人畜的禍源。但在美國今天金元怒潮下，大家不知不覺的都把這三四級的金錢當作可衡量一切，抉擇行止的標準和力量，至於那理應指導金錢動向的高級因素，却因與錢無關，非衆所好，受到冷落；因而不能得到適當的發展。就是社會一般事務也由於錢的大力操縱，破壞了應有的平衡，而呈現畸形的發展。大家只知欣悅某些方面的一枝獨秀，却不知終有一天要加倍的付出這不平衡的總賬。——人在最原始的時候，只靠食物和體力維持其存在，但在文化進步，既有社會之後，則其存在的維持是要靠道德與智慧，而這二者則勢必求之於教化及學術。教化不要談了，學術也是只花錢而不賺錢的。我們過去常說十載寒窗，而今天在美國唸博士，窗雖不寒，其苦却更倍於往昔。美國的豪傑之士，那肯捨錢不賺、而幹此傻事。因此美國儘管學校林立，研究旺盛，而撐場面的却儘是外國人和猶太人，尤其是從歐洲來的。再就學術本身來說，表面看來雖極發達，細一分析便知是本末倒置，輕重失序。凡是能直接與生產賺錢有關的，便都受到資助而能充分發展；反之，便得不到資本家的青睞，被打到冷宮。因此技術科學、實用科學，無不蓬勃躍進，而爲一切學術之本，且爲科學之基礎的哲學，則到處都是最窮、最冷的一部門。這樣發展下去，將只見日益精進的物質建設，充斥美好的生活享受，而那羣體生命之源的道德與智慧，却無從覓致；結果如何不問可知。我們不能想像一個沒有靈魂的軀體，可以好好的活下去，雖則吃得胖胖的穿得好好的。

以上還是從理論上分析其遠景，實際上當前便有具體的例證，那便是大政治家的缺乏。美國的政治是總統制，而美國歷年來的總統除了林肯、小羅斯福等幾位外，都公認是平庸的人才。因爲第一流人才，都在年紀還輕，見識還小時，便早中了錢毒，決定投身實業了。卽令有大才大志之士，不爲錢誘，獻身國家；但某種人才必須在某種環境才能養成，孔子爲什麽生在魯國，釋迦爲什麽生在印度，耶穌爲什麽生在猶太，以及等而下之，爲什麽譚鑫培、梅蘭芳生在北平，那都不是偶然的事情。我們很難想像在美國這種金錢瀰漫的社會中，能產生傑出的第一流政治家。即以公認偉大的小羅斯福總統來說，也不過是方向正確、有股子勇氣而已。蹲在家裏還好，出外一接觸還不是吃盡了邱吉爾的虧，上盡了斯太林的當。假如場面不大，天下太平，那麽沒有傑出政治人才還不要緊，但現在美國身爲世界霸主，國際上又正强敵覬伺，手段翻新，那便不是平庸的人才所能應付了，只看當前的越戰吧，這從世界盟主的眼光看來，原不過是一個「地方事件」而已，以美國這樣的壓倒優勢，豈不反掌之勞便可解決。然而竟一拖數年，再三增兵毫無頭緒。（還有人說，資本家利於越戰拖延，以便多作生意，果眞如此，那「錢」的萬惡，就更罪不容誅了）。外亂雖未能平，國內反倒因此倍受困擾，大使人心惶恐不安。我在紐約時舍妹起醰（化學博士）問我「美國這麽强大，這麽有錢，何以越戰始終不能取勝」。我說：「主政者無膽無識，患得患失（怕失去選票），再强大，再有錢又有什麽用？」而其所以如此者；便是第一流人才，都在錢的魔力下，投身到實業方面去了，這時縱令這些豪傑之士，見危致命，暫不經商，轉而從政，也是徒具犧牲無補大局。因爲他的觀念想法、思維、意識，早已爲錢薰透了，更何況隔行如隔山，施政爲邦，遠不是經商那套事。目前的麥克拉馬便是一個良好的例證。

以上不過是擇其犖犖大者來論而已，至於其他因錢而起的流弊隱憂，那還不是一時能以具述的。因此「由今之道無變今之俗」，假如天下太平，一切自生自滅，兩百年後（以近代一切都加速發展怕還到不了兩百年）美國恐怕難免腐蝕癱瘓，無疾而終的結局，假如世局再要險惡，一直都有志存「埋葬美國」的不逞之徒。那麼五十年後我們就眞不敢想像了，到那時光有錢又有什麼用，不見古羅馬的往事麼？

（原載民國五十五年六月一日出版之「新天地」五卷四期）

汽車問題

人人都知道美國是個汽車國家，但你如不到美國來親身體會一下，你不能知道「汽車」對美國社會，美國人生有着如何深切的影響。

中國人很少有汽車的，聯帶所及也就很少有人會開汽車了。（按：這是指民國五十四年時的事），尤其中年以上的教授們，更是如此。這在中國原無所謂，但來到美國，尤其現在來到夏威夷可就受了大罪了。在這裏雖非人人都有汽車，却至少是家家都有汽車。既有汽車可供馳騁，便感到都市的空間不大，任何地區都可彈指卽到。就像火諾奴魯這個市區最遠的距離也不會開車超過二十分鐘，簡直是不值得一跑。但在我們這沒有汽車不會開車的，便是另一個天下了。在汽車一開就到的，你走起來起碼便是半小時，卽使是散步消遣也嫌太長，何況是要上班辦事？更何況是在四季如夏，時時飄雨的夏威夷？要是在別的地方，特別是我們這所謂「落後地區」（？），儘可有別的交通工具可以利用。而在這裏三輪車、自行車，當然是沒有了。計程車也不發達；不僅價錢極貴，並且非打電話訂叫不可，街上是找不到的。至於公共汽車雖然也在街上跑，可是實在難於利用。早晚上下班的時候，還比較像話，逾此以往，就眞叫你啼笑皆非了。有一次我和張瑄教授吃飯歸來，在唐人街等車，時間不過晚上九點多鐘，又是最熱鬧的地區。那知一等等了五十分鐘，最後還是設法找了輛計程車才回來的。後來我問人何以如此，人家說「這裏家家有汽車請問誰還坐公共汽車和計程車」，話是不錯，可就苦了我們這不會開汽車的了。

有一次我給吳森教授寫信，訴說這「行不得也」的苦處。那知他回信不但不同情我這無車的苦處，反而訴說他那有車之苦。他說：「……大抵在美不懂開車之人，均遭受此一方面之苦痛。然懂得開車，亦有別種問題。數年前，生在華大附近亦一度以八十元高値租一 Furnished 房間，其後學會開車，則每月花七八十甚至過百元在車子身上。蓋舊車百病叢生，修理動輒數十元。及至去年冬，老爺車病入膏肓，無法再用，而在美國工作又不能一日無車，迫得到銀行貸款購買新車一輛。每月付六十元，兩年半還淸。目前車子負擔，連汽油在內每月超過百元以上。個中苦處，又豈無車者之所能知？故吾師實不必後悔不能開車也。生目前房租及車子維持費，已去了月薪過半，加以書籍雜用等，每月僅達收支平衡（因太忙，長少自炊，在外吃，一頓輒一元以上），在美生活，實不見得勝於臺灣或香港也」。

這封信，就好像一陣淸風般吹散了我胸中的迷霧，恢復了頭腦的淸醒。它使我跳出個人的當前困擾，而想到全面的問題。我與吳森教授的煩惱雖然大不相同，而使我們在此煩惱的癥結却是來自同一根源，那就是汽車的出現。人們所以發明汽車原是要節省時間，使本來要走半小時、一小時的路程，彈指之間便可立到。但那知一旦汽車出現後尤其是在普遍的使用之後，人們不但不把他們上班上學的時間縮短到最短，反之却是利用汽車的速度而到更遠的地方去上班上學，或是搬到遙遠的地區去居住（按：社會經濟各種活動範圍的擴大，也是由於同一道理）。結果，走路的速度固是加快了，但要走的路程却是加多了。截長補短仍然要走半小時，一小時。因此汽車的發明，只不過是拉長活動的距離而已，至於那預期的「縮短時間」，却早已丢在九霄雲外了——在沒有拉長距離之前，人們可以不要汽車。但在距離拉長之後，還怎能沒有汽車？既然離不開汽車，汽車的問題便來了。假如這問題，僅僅是我和吳先生的問題，那就簡單了，只要買一部好車，每月多花幾個錢也不在乎，那不就解決了嗎？但是問題並不如此簡單，反之却是有其根本不能解決的矛盾在。

在我們這所謂「落後地區」，所謂「未開發地區」，看到有人坐着汽車揚長而過，眞是羨之若仙。因爲他除了多花幾個錢以外，眞簡直是有百利而無一害。但那知「橘逾淮北爲枳」，到了美國情形便不同了。不要看個個開着車，都很神氣，實際上個個人的行止都受着汽車的控制。在「落後地區」只有「老爺」才有坐汽車的權利和必要；許多有修養的達官貴人，更根本禁止小孩子坐着汽車去上學，太太坐着汽車去打牌。但在這已開發的「現代社會」，距離拉遠了，全家老小，誰能不坐汽車？於是在中國本來是當「老爺」的，在這裏便要扮演車伕的角色，每天依次送了少爺小姐上學，太太上班然後再去辦公。下班時再又一一接了回來。「老爺」如此辛苦，少爺小姐們是否舒服呢？簡直不舒服。常常看到些學生沒課了還不走。一問原來是等家裏的車來接。這簡直成了沒脚的癱子了，像什麽話？或者說只要有錢多買幾部車就好了，但在美國十六歲以下是不准開車的。你家裏就是開着汽車公司，小孩子們仍然不能行動自由，而仍然是你開車的負擔。現在就再假定寧可斷子絕孫，不要孩子只要汽車，問題是否便能解決呢？不的，請看看停車問題就知道了。

美國人相當和氣，隨處都可聽到「我能幫你點忙嗎？」(May I Help You?)，而一陣「王豆腐」(Wonderful) 式的寒喧客套有時眞使你肉麻要命。但在停車的問題上，這一切就都另說了。走到街上一看，馬路兩旁一個挨一個的牌子寫着「不准停車」(No Parking)眞是看着叫人生氣。你怎麽就知道我要在這裏停車。老早先就擋駕？還有些公寓私宅更是氣人，不但不大書「歡迎訪客」，反之都在門前牌示「訪客汽車不得開入」，甚至還有更不客氣的索性就說：「未經允許擅自停車，一律罰款×元」。他們何以如此的不客氣呢？那全是由於問題嚴重，不得不拉下臉來嚴厲拒絕了。試想人人都有車，車又滿處跑，那裏會能隨處都預備下充分停車的地方。在比較冷僻的地區還好，而在那人衆聚集之所，或是肆廛林立之區，那就麻煩了。往往到鬧市去買東西，駕着車跑來跑去找不到停車的地方，結果開到遠遠的地方停下，然後再長途跋涉的走回舖子而這所走的路程在中國就早需要坐三輪車了。這種情形在紐約更爲嚴重，不僅上街難找停車之處，就是回到家裏也往往是「停不得也哥哥」。有一位夏大的同事任先民先生告訴我，他在紐約時常到了夜裏兩三點鐘了，身體已經疲倦到萬分，仍然開着車在街上轉，就因爲找不到停車的地方。而有此經驗的，實大有人在，絕不是他一人而已。而更使人啼笑皆非的，還是另外一段故事。我有一位同學葉櫳先生在聯合國工作，六年前，我過紐約時，邀我到他家吃飯。我說：「你怎麽沒有汽車？」他說：「賣了」。「怎麽賣了，你難道還缺錢用嗎？」「唁，別提了，那裏是爲的錢，實在是受不了啦……。」於是他便訴出一套有車的苦經。原來在紐約地狹人衆，尺土寸金，誰能有車房？便只有將車停在門前路旁。偏偏門前附近的地區，只有在入夜之後晨曦之前（好像是晚十一點後晨七點前？記不清了）才准停車。晚上回來早了，便只有提心弔膽，作蜻蜓點水式的逗留，而早晨又要絕早起來，把車開走。因此往往在上班前一個多小時便到辦公室了。那倒不是勤奮奉公，實在是爲了伺候汽車。有一個時期身體倦怠，天氣又冷，起得晚一點，未能及時把車開走。一連着便接了多少罰款通知，最多的一次一個月裏罰了兩百多塊，試問這個罪怎麽受得了。因此索性把它賣了，倒是賺得個「無車一身輕」——我本來還想學學開車，但面對着這些事實，心早寒了一半了。

或者說：只要大爺有錢，多蓋車房，廣租停車地方，不就解決了嗎？不錯，那是解決了，但只解決的是你個人的問題；並且還必須由政府規定只有你（或極少數的人）有此特權，然後才可以。否則縱令人人都是百萬富翁也辦不到。因爲這問題本身便含有解決不了的矛盾。須知，我們買了汽車，並不是擺在家裏不動。也不是坐在車裏滿街跑着不下來，而是要到別處去辦事。因此只要有一輛汽車，便勢必要有無數個停車的地方準備着。家裏不要說了，辦公地方也一定要了，去街上買東西，戲院聽音樂，上飯館，逛公園，那個地方能抗着汽車走？後面這些處所還不是每天必去，停的地方也可輪流使用，而家裏及辦公地方則必須各有固定的停車地點，縱使空着也不能讓別人佔用。因此一輛汽車平均至少須有四個停車地方，那也就是說只要汽車工廠製造出一輛汽車，社會上便必須提供四塊停車地方。汽車可以無限製造，停車的地方却不能無限供應。因此在車還少的時候，有車之人儘可得車之利，等到車道大行，人人有車之後，汽車就要「英雄無用武之地」了。所謂「無用武之地」，不是沒有馬路馳騁，而却是停不下來。到這時汽車就好像是一把沒有鑰匙的鎖了；爲了給這鎖配鑰匙，近代都市的建築，要蓋房子必須先預備停車場，學校停車的地方不够，還不致於使教授學生「捲堂大散」。而商店沒有適當的停車地點，試問顧客誰來，那就只有靜候「關門大吉」吧。所以美國一個「商市中心」(Shopping Center)往往店舖只有畝來大的面積，而停車場倒足够兩三畝之多。設想在這尺土寸金之區，硬要挖出那麽多的地方，空着停車，這是多麽大的犧牲，這簡直是在挖肉補瘡，飲鴆止渴嘛！但那知肉雖挖而瘡未平，鴆雖飲而渴未止。無盡的車流，並不因土地的昂貴而減少，反之川流不息的顧客總是感到找不着停車處所，人們雖把停車廠向空發展加蓋幾層，但也不過是鬆弛一下緊張的需要而已，終不能抵抗水漲船高的局勢，更談不到問題的解決。

小的時候看神仙故事，描寫一位仙人肩上背着一個葫蘆，要出門時，把葫蘆打開，掏出一個紙樣兒順風一吹，就變成了一匹驢，騎上揚長而去。到了目的地，又一吹仍然變成張紙，摺好放在葫蘆裏，眞是多麽的愜意，何況還不吃草，我想只有到了這種地步，汽車問題才能澈底解決。但是，不要忘了那是仙人，而我們却只是凡人啊！

（原載民國五十五年二月一日出版之「新天地」四卷十二期）

不同的生活情調

三十年前作學生時，就常常聽到「雪霽天晴朗、蠟梅處處香……」的歌聲，今天來到臺灣，儘管此地無雪，學校裏還是唱着這首踏雪尋梅的名歌。足見我們，時無分今昔，地無分南北，都普遍的有着賞雪的雅興；而我又怎能例外？

在臺灣好多年沒有看見雪了。去年二月間到了「南伊大」(Southern Illinois University)正值大雪之後，校林中，殘雪猶存，皎潔可愛。眞如久別的老友，相見好喜。加上古木參天，寒日斜照，眞是詩情畫意，美到極點，使得我忘盡了塵勞俗慮，而在這荒林裏往返漫步，且賞且醉。怪的是這樣上好美景，怎麽沒人來賞？偶爾有三兩個路過的人，也都匆匆走去，竟無絲毫理會之意。眞使我有點納悶，難道他們不覺得美麽？

有一天眞個降雪了，早晨開門，雪深近尺。我喜歡得心花怒發，簡直想在雪裏打兩個滾。於是興致沖沖的，踏着軟雪，邊玩邊走，走到學校。一進哲學系的研究室，恰好碰見系主任穆維禮（Willis Moore）教授，我忍不住喜悅的心情，衝口說道：「好漂亮的雪景啊！」那知他毫無共鳴，反而厭煩無那的說：「還漂亮哩！我的車都差點開不來了」。這句話恰似禪宗的棒喝，當心一刺，使我猛然驚醒，恍然大悟，不過所悟的並非禪理，却是美國人的生活情調。

原來賞雪、聽濤、吟風、弄月……這都是中國人特有的生活情調。美國人（以及一般西方人）並不欣賞；甚至根本沒想到這頭來。他們所最感興趣的，乃是要眞有實際效果的遊樂；換句話說，也就是那些能發洩，够刺激的事了。於是爬山、滑雪、盪水、溜冰、游泳、打球……便成了他們的無上寵好。因爲只有這一類的活動，才能把那過剩的精力排遣出來，而使身體眞感到一種顯然的滿足。所好既是在此，勢必就要奔向原野。因此一到假期，大家便傾巢而出，各去撒歡。公路上跑的是汽車，山阿水曲有的是人羣。你幾曾看到有人安閒自在的待在家裏？——除非是老得爬不動。我以前總聽美國人稱讚夏威夷的氣候好，後來我到夏威夷大學教書，眼見得，四季都無變化，一年全是夏天，只感到單調而已，實在看不出好在那裏？現在我想明白了。原來好就好在這裏，因爲一年四季都可開車出遊，絕無風雪爲阻。三百六十天全能够泡在水裏游泳，躺在沙灘上晒太陽，試問那還不好麽？須知好壞是「有所待」而後定的呀！

當然美國人也不全是活在原野，他們也儘有室內的活動，不過活動雖在室內，而那情調却與戶外的並無兩樣，都是要能「實感」「縱性」的。固然也有人喜歡溫文爾雅，陶情怡性的遊樂；

但爲廣大人羣所篤好的，却仍是那些够刺激，能發洩的節目。從披頭喊叫（那不能算是音樂），搖滾音樂，阿哥哥跳舞，直到波希米亞式的享樂……都是風靡社會，迷醉羣情的東西。而許多青年們更索性自稱「鼻涕泥哥」過着頹廢放蕩的生活。

或者說：這都是年輕人的把戲，不能代表美國生活的全部。好，那我們就來看看人人皆作，日日都有的生活，又是怎樣，我們自不必穿鑿附會，認爲這日常生活也與前述活動出於同一情調，但至少與中國人的活來比時，却都具有共同的本質差異。就以吃肉來說吧，我們除了「上供」是整塊大物外，無不切得可口才端上來。烹調中講的就是刀口。但美國人（以及一般西方人）却是足足兩三磅的牛排整塊放在盤裏，然給你把鈍刀來切。我們不僅肚子裝不下，手也早就切酸了，但他們則視爲上品大快朶頤。再拿喝酒來說，中國人有的劃拳行令，與超酒外；有的淺酌低吟，樂在山間，那裏單純的是爲酒。卽使就喝酒本身來說，也必是美酒佳肴相提並論；至少也要弄一把花生米，來兩塊豆腐干，且嚐且飮，邊談邊吃。但是美國人（以及一般西方人）便不這樣了。喝酒便是喝酒，此外絕不囉嗦。而那意氣豪邁的，更是打開蓋子，拿着瓶子牛飮而盡。因爲只有這樣才過癮。

他們這種豪邁的情調實與其强健的體魄有關。試想林黛玉怎麽吃得消「大碗的酒，大塊的肉」？而那梁山泊的好漢又那裏會去嗑瓜子，吃腰花？拿中國人來說吧，今天我們雖與這種情調格格不入，但在漢朝以前還不是一樣？只看先秦諸子的文章便是明證。例如老子說：「衆人熙熙，如享太牢，如春登臺。」那不就是越野爬山，大塊的吃牛肉麽？而莊子說的「夢飲酒者，旦而哭泣；夢哭泣者，旦而田獵」，不就根本便把騎馬打獵和飲酒當作享樂的代表麽？但是七八百年後，到了南朝的王謝子弟，看見馬竟然嚇得哆嗦，還那裏會「馳騁畋獵令人心發狂」（老子語，意卽樂得心花怒放）？而今天我們這些手無縛鷄之力的書生，對着酒也只有怕「辣」而已，實在沒有大享其樂的豪情了，——這不淸淸楚楚的說明了體魄對口味的影響麽，美國人既有健旺的體魄，因此也就勢必要能發洩發洩，找點刺激才够意思。這是事理之必然，又何足怪？

不過人世盛衰無常，健壯豈能長保？何況文明又每與體質成反比。在歷史演進的過程中，終有一天美國人不再能有豪情縱樂的體能，那時，今天的生活情調就勢必要改變，變，變向何方，是否也會變得跟中國人的這套一樣呢？那就很難說了，中國今天的這一套，固是在體質弱下來後形成的，但却不代表口味的萎縮，反之却是把生活的情調推向另一個境界。那也就是說從量的享有，轉向到質的品賞了。而促成這一轉變，無疑的乃是道家思想。中國人從出世超塵之思，優遊林泉之樂，直到喜好那味淸品妙一片嫩綠的龍井茶……試問那一樁不是來自道家的情調。美國人既沒有我們深厚的道家背景，因此又怎會跟我們同樣的過這道家情調的生活，須知天下原是沒有無源之水的呀！

其實這都是遠話，用不着我們操心，而值得注意的倒是當前的情況；假如我們要和中國古時比着看。我們在漢朝以前體質强壯，口味豪邁本是大可縱放一番。但由於中國一向講中道，尙含著；社會的禮俗，聖賢的教訓，在在防範，不許人們有過分的享樂。因此雖是體健情豪，却未走向儘情發洩流於邪妄的途徑。但是美國的情形便不同了。美國並沒有什麽「中道」、「含蓄」的思想，更缺乏溫柔敦厚的教化；反之却有一股碩大無朋的商業勢力在背後導演操縱。商人們爲了賺錢牟利，想盡方法給人們找刺激，謀發洩。愈刺激，愈需要新刺激；愈發洩，愈想多發洩。於是水漲船高，流而不返，勢必走到荒淫無度，佚樂亡身的地步。這時快活固是快活了，但個人的人生也就從此斷送。不僅學問事業要因沉溺而廢敗，就是身體也將戕賊糟蹋到不堪。至於整個的社會，則更將流於奢靡縱慾，淫佚頹廢的狀態。說句危言聳聽的話，那也就是到了歷史上每個王朝覆滅的前夕了。君子見微知著，試問我們怎麽不躭心？

或者說：這是美國人的事，要我們躭心幹什麽？話不是這麽講。古語說：「四海之內皆兄弟」，又道是：「民吾同胞，物我與也」。怎能隔岸之火，便可無動於衷？何況今天世界萬里同風，息息相關，沒有任何地區可以孤芳自賞，不受他處的影響。尤其美國今日國强勢盛，權傾一時，好的固受世人推崇效法，壞的也自有人跟着起哄。而這下里巴人的歪風，就更是速於置郵而傳命。不見我們今天已在鬧着「阿哥哥」，「阿妹妹」了麽？因此我們縱使不能見義勇爲，兼善天下，而只抱着自掃門前雪的態度；也勢不能無動於衷，看着火着（音ㄓㄠˇ三聲北平土話），須知這火轉眼就燒到面前。我們一定要把這歪風扼止，一定要把這邪火撲滅。

如何扼止，如何撲滅，自是說來話長；但我們幾千年的經驗，總有值得參考的價值，儒家的中道思想，含蓄作風，以及道家的清心寡慾，出世超塵的胸懷，若能運用得當，都可扭轉風氣，使這可愛的生活情調轉變方向。這還都是就事論事的話，至於根本的解決，自然還要能針對着當前的時代，建立一個健全合理，人人可行的人生觀；使人們中心有主，不致盲目的隨波逐流，胡來亂鬧。而這一工作無疑的要仰賴大思想家的領導，和教育家們的努力。光有科學與金錢是沒有用的。

（五十六年六月五日中央日報）

飲食與男女

在一個地方土生土長久了，就會習而相安，認爲一切本來都是如此，一旦換了一個新環境，才知道路旁有路，天外有天，不僅覺得處處新奇，同時返過頭來，才認出自己土生環境的眞相。套句老話說：正緣不在廬山中，才識廬山眞面目。

民國四十八年秋，到美國華盛頓大學（Washington University 地在聖路易；位於西雅圖者則爲 University of Washington，應譯爲華州大學）任教，是爲我初次出國（以前雖曾到過香港、安南，但那不算出國）。儘管美國的風土人情，早已聞之耳熟，但耳聞究不如目睹，眞個看到之後，仍是處處具有新奇之感。而最使我感到突出的，就是有關男女的林林總總。許多在我們是要遮掩沖淡的，他們却恰恰要暴露和强調；許多我們要廻避防嫌的，他們却正要予以方便，設法促成。許多根本風馬牛不相及的事，他們硬要和男女風情扯在一起，而廣告更是一面倒的狂潮。記得我初到美國不久，看到電視上有一對男女在擁吻，我還以爲是一幕劇哩！那知電視接着就說了：「你要與愛人接吻時口齒芳香，請用我們的牙膏。」我眞怔着了，怎麼？牙膏竟是這樣推銷的。

我看着他們怪，還不是因爲冷眼旁觀；假若我也是生長斯土，恐怕也就是「司空見慣渾常事」了。擧一反三，我看着他們怪，他們要是看到我們的社會，一定也會感到許多新奇不可思議的事，而在我們却認爲理所當然之擧；其中最使他們感到奇怪的，恐怕是有關飲食的林林總總了。清末有位留學生，寄居在一家美國人家中，這位青年出自詩禮之家，對於居停主人，嘘寒問暖，極盡禮貌小心，那主人並不開心。有一天主人與他相遇途中，回顧無人，就把他按在牆角，惡狠狠的問道：「你見了我的面，就問我吃了飯沒有，你到底是看我沒錢吃不起飯，還是看我餓得瘦得不成樣子？」噯呀！眞是天曉得，我們中國人不僅不說蠔肚油肚（How do you do），就是咕嘟猫寧（Good morning）也不會說呀，我們問的就是：「您早喝茶啦？您吃過飯啦？」試問天地間還有比吃喝更重要的事嗎？

因此我們中國人，從蘇州到四川，從北平到廣州，那個地方不是早上起來就上茶館，而到了茶館又豈止喝茶而已。乾絲、湯包麵點，固是膾炙人口，而廣東的一盅兩件更是極盡吃喝之能事。這還止是早晨這一陣。至於中午、晚上，小吃、大宴，更是各地有各地的菜肴食品，每處有每處的吃法口味。那裏像美國從東岸到西岸都是熱狗，從北境到南疆全是牛排，我在夏威夷大學教書時，張瑄教授邀我給他學中文的學生，講講「北平的吃」。那知我光寫名稱，寫了一下午，沒能寫完，並且菜肴還不在內。那還怎麽講嗎？後來只好改講別的。

假如吃就吃，也還罷了，妙在諸般社會禮俗，一切喜壽慶典，無不都以吃道行之。結婚祝壽，固是大開宴席，祭祀、「拜拜」、滿月、洗塵，又何嘗不是宴席大開？好像一切歡愉祝賀的心情，只有用「吃」才能表達一樣。甚至治喪、開弔，從前也是大吃特吃，而一年到頭的固定節日，更是有固定的食品用來點綴。燈節吃元宵，端午吃粽子，中秋吃月餅，甚至佛祖的生日還要吃什麽臘八粥，至於零星點綴，四時珍饈，那更是數之不盡、款式無窮，眞是：「無所不用其吃了。」

我從美國回來，道經英倫。陳西瀅伉儷設宴款待。我說飲食男女人之大欲存焉，拿這個話來衡量，美國可以說是男女的文化，而我們中國則是飲食文化了。陳氏甚以爲然，並且幽默的說道：飲食文化，最多只要準備點胃藥就是了，而男女文化則是流弊無窮。陳氏雖是幽默之言，却點出了要點。飲食男女雖同是人的本性，而其引起的後果是迥然不同。求「食」的努力使人奮發有爲、增進智能，因而有所成就。男女的歡樂則荒時廢業、沉緬喪志，而帶來完全相反的後果。正因如此，我們的祖先設教，才善爲誘導，把我們的興趣引到飲食方面去發揮。所以雖歷經富盛繁華已快五千年，而我們的民族仍能保持純樸振奮而雄踞於世，反之再看美國，立國不到兩百年，今天社會已荒淫糜爛到這種地步。假如「由今之道，無變今之俗」，前途還堪設想嗎？而這種歪風還正普遍的吹向全球，這怎麽得了。我們若還不願隨波而逝，自趨毀滅，就應該珍惜我們祖先所倡導的正路，使其發揚光大，這不僅是圖存自救，也是轉移世風、救人救世之大道。

（原載中央月刊第五卷第七期民國六十二年五月一日出版）

男女之間在美國

在古老的東方住慣了的人，一旦到了美國，有件看着最不順眼的事，就是有關男女的習俗了。這不是說東方人清高聖潔，沒有這些烏氣八糟的把戲，而是彼此的觀念風尚大有距離。在東方，談到男女問題總是偏乎保守，甚至還多多少少的傾向於禁慾。固然食色性也，人所難免，但總有些罪惡或骯髒的感覺，只好躲躲藏藏，怎可公然出口？而女子更是羞羞慚慚不敢觸及；還那裏談的到「要求」和「暴露」？可是在這只喊節育，不講禁慾的美國，便大不同了。

儘管美國有的是清教徒，也不無衞道者；但在廣大人羣的心目中，却都理直氣壯的，認爲男女之事乃是人生當然的「享受」。尤其女子在這方面，不僅眞個作到了「平等」，有時還表現得更大膽，更熱烈。每當陽光煦和，風光明媚之時，不論走到郊原，海灘，還是校園，草圃，都可看到一對對的情侶，徜徉纏綿，溫存嬉戲；任憑路人過往，絕無半點忸怩。最使東方人看了稱奇的，乃是女子竟往往扮演了主動的角色。我們時常看到一些男孩子，愛理不理的躺在草地上，女孩子則坐在旁邊，百般恩愛，萬種風情的撫摩親吻，眞叫東方人感到是陰陽顚倒了，何況還是在光天化日，衆目昭睽之下？

在這種風氣下，美國的女孩子無不開通灑脫。說好些是活潑大方，說壞些簡直是迹近輕佻挑逗。尤其在裝束方面，不僅不怕「冶容誨淫」，更不會像阿剌伯的女人帶着面紗怕人看；反之却講的是性感，要的是暴露。所以短褲（Shorts）、短裙、上空裝、三點裝……無一不是把古代東方所要遮掩的，暴露出來；古代東方所要沖淡的——而來强調、暗示出來。游泳池邊，海灘沙上，固是玉體橫陳，春色無邊；就是室內閒居，也喜歡只穿三點，幌來幌去。而脫了衣服，曝晒肌膚，就更是大家所篤好的了。多少人到了夏威夷來就爲的是晒太陽。我在那裏教書時，住在夏大附近的一座公寓大樓。樓中滿住着夏大的學生。每當天氣晴和，陽光普照時，看吧！前前後後的陽臺上，儘是穿着奶罩、小褲，趴在那裏晒的。你從身邊走過，很覺不好意思；而她却還沖着你笑笑，打個招呼。記得在華盛頓大學時，有一天學生擧辦嘉年華會，我當然要去看看。不想走到一個棚子裏，主持節目的竟是一位赤身裸體，只蓋三點的女郎。我正在驚異措謂時，這女郎竟迎面走來，熱烈招待。定睛一看，原來是我班上的學生。那時我是初次到美國，這樣的敬師場面，實在沒見過，眞是尷尬到了極點。

心靈是一貫的，性格是完整的。服飾既是講求性感暴露，行爲也就難免放蕩隨便。青年男女多半都喜歡離家獨處，遠走他方。這固然是有自立的精神，但主要的動機，還是在避開父母耳目，而能男歡女愛玩個痛快。學校中固是尋找對象遊侶的場所，社團的活動也都在把握男女結識的機會。大家是一拍卽合，發展更快。我曾很多次搭乘長途汽車。只要車一開，用不着半小時，萍水相逢的孤男單女，便一定會搭訕交談起來；遂卽進入親媠多歡的狀態。並且往往都是女的先向男的攀談。在從前西方禮俗，靑年男女出遊，除非關係巳到相當程度，女的照例有人陪同監護，以免行動逾軌。但美國則是父母司空見慣，看着女兒去「約聚」(Date)，絕不問他們幹什麼。其實問又有什麼用。社會的榜樣，父母的往事，不都是有力的敎導麼？有一首流行的歌謠說得好：

「我愛咖啡，我愛茶。

我愛男孩子，男孩子愛奴家。

叫你媽媽閉了嘴。

當年也有男孩子掫着她。」（按：掫，是個杜撰的字，讀ㄅㄧㄠ、去聲，動詞，北平話，廝混一起，不肯離開的意思。又：此句意譯，以求叶韻。）

I like coffee, I like tea.

I like boys, boys like me.

Tell your mother, hold her tongue.
She had her beau, when she was young.

試問這媽媽還怎麽管女兒?不僅無法管!並且也根本不想管，因爲大家早就共認那是當然應有的「享受」。

風氣已經如此，而商人又來火上加油從中搗亂；於是就更加一片潦原，不可收拾了。他們爲了發財，不惜用種種辦法迎合這種心理，把錢賺到口袋裏來。電影裏固然盡是女人和大腿；冊刊、封面、月曆、招貼……也無不亮的是裸女色相，而各種廣告，更是一律要扯到男女風情，挑起非非之想。就拿飛機的廣告說吧，本該宣揚機性良好，安全迅速……這一套了，但是我們看到的，却常常是漂亮的空中小姐，用迷人的姿態說：「跟我們一起飛吧」！我眞不知「跟她們一起」幹什麽?最使我印象深的一次，是電視上的牙膏廣告。那是我初到美國不久的事。一次我在電視上，看到一對男女熱烈的擁吻，我還以爲是一幕劇哩!那知接着電視就說了：「你要與愛人接吻時口齒芬芳，請用我們的牙膏」。怎麽?牙膏是這樣推銷的?我眞怔住了。老子說：「不見可欲，使民心不亂」。而現在竟是：處處誘之以「可欲」，事事暗示到風情；那就是老僧入定的心境，也要爲之春情盪漾，止水生波了。尤其在這種氣氛下成長的兒童，試想將是什麽心理?

商人們不僅佈滿了誘惑性的廣告，並且更具體的提供種種便利男女的設備。他們算是看準了這條路子，硬是要在裏面找錢。有關的固是順理成章公然服務；風馬牛不相及的，也是挖空心思，想出門道來迎合。例如火車，這本是把旅客送到就了的事了；而普勒曼（Pullman）臥車便有種種兩人一間的設計，關上門與世隔絕無人干擾，並且還都自備浴厠，這顯然不是怕旅客鬧肚子吧。又如看電影，美國有一種開車進去，在車內坐着看的露天影場（Drive-in Theater），表面上似乎全是爲了汽車的方便，實際却是醉翁之意不在酒，誰還眞到那裏去看電影！電影剛開演時，車中還都一對對的坐在那裏看，等演到中間時，看吧，前前後後的車中都看不到人了。原來男男女女的頭，都已倒在車窗之下了。那是在看電影嗎！這就用不着往下說了。

在這種風氣下，男男女女自是盡情歡樂，玩個痛快；但就在這歡樂痛快下，却給社會帶來無限的隱憂。「飲食」、「男女」雖是人的本性，而其引起的後果則是迥然不同。求「食」的努力使人奮發有爲增益智能，因而有所成就。男女的歡愛，則荒時廢業沉緬喪志，而帶來完全相反的後果。因爲「造物」的旨趣本就是要養精蓄銳來傳衍下一代，有些動物甚至只在傳種任務完成後，本身卽歸消逝。這原是天理之自然，無從違拒！但也正因爲犧牲如此重大，造物乃不得不賦予節制的妙用。在動物都有發春期的自然節制；而在人類則靠羞恥之心和聖賢苦心安排的禮俗。現在大膽放肆（打破羞恥），不顧一切（推翻禮俗）使得堤防潰決放浪無歸。個人的敗德廢業，社會的荒淫墮落，且不去談。但其使整個女界蒙受不利，以致影響種族的問題，却不容我們忽視。純就性別立場來論、女子不容否認的是弱者。男子播過種就算了；而女子則要負起懷胎生育和撫養嬰兒的責任。加之女子的生理心理也與男子不同，因此才有種種禮俗，使得男子不致佔了女子的便宜而不分擔其應有的責任。用句現在名詞，這實是一套社會安全措施。假如女子不管這套，任性放縱，表面上好像解放平等了，實際則是成了大家的娛樂對象，而却誰也不管她的問題。眞是：「士之耽兮，猶可說也。女之耽兮，不可說也」了。再看男子那邊，既是人盡可妻，隨處「享受」，那又爲什麼一定要娶妻受室負起家累？我曾問過一位青年教授：你爲什麼不結婚？他坦率的說：帶着女友出去，只要買個熱狗給她就行了；爲什麼要花幾百塊錢來養家？何況女友還可生張熟魏隨時換口味。——我聽了眞有點不寒而慄。當然，要結婚的還大有人在，並不都像那位青年教授，但由於過份注重歡樂「享受」以致忽略了生兒育女的責任，則是不容否認的事實。「造物」使人對男女之道大感興趣，原是要人們勇於承受犧牲傳種接代而已。今天「聰明」（？）的人們却選取了前者，而甩掉了後者；甚至倒果爲因，節育以縱慾。這眞是違反了天理自然，我們縱不說亡國滅種那些危言聳聽的話，但將嚴重的影響到民族健康，則毫無疑義。有識之士，當會有鑒於此，不能聽任這樣的歡樂放縱下去。這實已不是美國一國的問題，不見全世界都在向着這方面走嗎？

（原載民國五十六年六月九日中央日報）

謎樣女郎

夏大是個五方雜處的學校，人們從各個不同的地區前來此地，有的來自東方古國，中、印、日、韓；有的來自西方世界歐美各地，也有的來自太平洋中荒漠無聞的蕞爾小島。他們萬里負笈來此，都帶着各自不同的文化習俗，都展列着各自不同的民族種性。這些行不同倫、習尚各異的人們，一旦滙聚在一堂，眞是各有各的特立突出之點，各有各的引人注意地方。這些奇異景象在女士們身上，最爲顯而易見；有的一襲紗籠，纏身繞體，拖地半截，也不嫌累贅；有的則短褲光脚，袒胸露背，唯恐有東西擋住了玉體。有的是風姿婀娜，楚楚堪憐的東方小姐；也有那腰大十圍，壯如狗熊的棕色女郎。眞是千奇百怪，使你嘆爲觀止。不過，這些景象雖然奇異，却都是習俗種性的不同反映而已，他們個人並沒有什麼神秘難解的地方。你只要具有適當的史地知識，便會對他們一望而知，了解一切。假如再要跟他們談談，那就更是一清二白，連他們身世背景全都瞭如指掌了，——但是這裏另外有一位小姐，却與這些個迥然不同了。誰見了，誰都覺得她怪，却又說不出怪在那裏。要是想跟她談談，以解疑團，那不談還好，愈談愈陷入五里霧中了。朋友們有的是足跡遍全球，滄桑閱古今的，但在這位小姐面前，却全都感到謎樣的一團，而對她莫測高深。

有一天，我「道家哲學」班上，忽然有一個亭亭玉立的金髮女郎來聽課。她的頭髮蓬鬆高起，梳得像一頂盔。旁邊斜揷着一朵白色大鮮花，耳旁又垂下兩綹黃髮，直到胸前。當時除了對她這髮型感到有些奇異外，也沒對她注意。過了些天漸漸感到她有些奇怪，但又說不出所以然來。有天我下課後往回走，她從後面過來，和我搭訕說話。我問她：「你叫什麽名字」，她說了一下我沒有聽清楚。她就打開手包，掏出一疊好似木片一樣的東西，紋理色澤非常雅緻，她在上面寫給我看。我一看這不僅不是外國人的名字，並且根本不是外國字，而倒像中國字的拚音。我正在疑惑，她翻過木片，順手一寫，我看時，不僅果然是兩個中國字，並且是一位大詩人的雅號。我眞怔了。「你認識中文？」「我是中國人，我生在西藏。」我更怔了，心想那有金髮灰眼的中國人，但我也不便抬槓。「你到過中國？」「北平、南京、洛陽等處我都到過。」「你的字體日本氣味很重，是否在日本待過？」「對了，待過一段不短的時間。」「那你的中學是在日本唸的了？」「不，中學是在意大利的翡冷翠唸的；倫敦、巴黎、瑞士各處也唸過。」「你去過這麽多的地方，你父親一定是外交官了？」「不是的。」「是傳敎師？」「也不是，是哲學家。」

「他也教哲學。」我眞以爲遇到同行了呢。「不，他自己研究，不作事。」「你家現在在那裏？」「在紐約。」「你在這裏學什麽？」「學梵文。」「你怎麽會對梵文有興趣。」「受母親的影響。」「你母親會梵文？」「嗯，她是梵文專家，並且有極珍貴的梵文收藏。」「這套收藏在紐約？」「不，在印度。」「放在博物館裏？」「不，是在我們自己的房子裏。」「你們印度也有房子？」「嗯，歐洲、日本、大吉領各處也都有。」「那你們旅行倒方便。」「唉，還方便。」——這段話，簡直使我愈聽愈糊塗。尤其她那聲音斯文的簡直像蚊子，而我偏偏又是大嗓門，一兩千人的禮堂演講，都不要擴音器的，現在來聽這蚊子般的聲音，眞與李逵聽羅眞人講話有同感了。

後來班上忽然有人倡議集體去參觀一個中國廟宇，我便過去和主持的同學，商量我怎麽去。那同學還沒有開口，她就從身後走來說：「請你不要管了，到時候，我去開車接張教授」。於是便轉過身來問我的地址電話，我也囘問以便聯繫。她就開了地址給我。我說「電話呢？」她說：「我沒有電話。」「怎麽？」「我不喜歡電話。」在美國沒有人可以一天離得開電話，而這位小姐竟然不要，眞是天曉得。

到了那天，她開來一輛極爲豪華、洒新的巨型汽車來接我。恰好有一位教日文的講師鶴岡小姐也參加同去，坐在我們車上。鶴岡聽我說她在日本待過，便和她大談其日語。那天她是穿着一套深藍色粗紋料子的洋裝。鶴岡很喜歡那料子，說：「你這料子那一家買的，我怎麽沒有看到過？」她說：這是錫蘭島出的，這裏買不到。你要喜歡，我寫信到曼谷，叫他們給你寄一套來。」我說：「人家都從美國買料子，你却從東方買來寄到美國穿。」「噢，許多美國的東西，我都不太喜歡，這個料子比較素雅，並且是手工織的。」說着也就到了目的地。等到參觀完後，已經一點多鐘了。我便約往一家中國館子去吃飯。落座後，照例送上幾杯冰水。大家在驕陽下待了許久。見了冰水全都一飲而盡，她却把冰撈走，才慢條斯理的喝個幾口。等到點菜時，她說她不吃肉，我說那你點鷄魚好了。她說她從小就吃素。想不到在美國還會碰到不要電話，不要冰，還吃素的人，眞是怪事。但不料還有更怪的在後頭呢。吃飯時，不知怎麽東拉西扯的，談到婚姻問題，她說她一切都聽從父親的安排。我說那你什麽時候結婚呢？她說「那只有我父親知道。」不料這樣一位國際人物，却原來是如此的「在家從父」呢。試問誰能想得到，尤其是一位在美國的金髮女郎。

吃過飯，她離座小去。鶴岡悄悄的跟我說：「這位小姐好奇怪噢。她倒底是那一國人啊。」「我還不是跟你一樣的不知道。」「看樣子當然是西洋人，但是好濃厚的東方氣氛噢，她的擧止動作好斯文啊，只看剛才她拿個醬油壺，若我們還不是一把從旁邊拿過來算了，她却走到遠處拿個小盤子，然後再把這醬油壺托過來。要我都急死了。」「誰說不是呢？不僅這個，就是她說話這種細聲細氣的，我也早就急死了。」

後來接觸多了，才知道她這斯文秀氣只是其「靜如處子」的一面，而她還另有其「動如脫兎」的一面哩。不要看她弱不勝風，瘦得可憐。她可以大杯大杯的烈酒，不動聲色的喝下去，宛如無事。她會開飛機，會跑馬，會游泳，喜歡騎在馬上打槍、射箭，這一切我們自然都沒見過，誰知怎樣？但她開車的情形，却是我們身臨其境的。她開起車來，眞是「橫衝直撞，慓悍無倫」。前面無論是什麽車，只要有隙可乘，她油門一踩，刷的聲，一個之字彎，就抄到前面去了，再一個之字彎，又超過另一輛車了。美國的開車規矩，旁路開入正路時，照例要等正路的車走淸；而她却開至路口，略一瞻望，一個急轉就挿入正路車流的行列中了。有時眞把正路的車嚇得一怔。紅燈亮了，前面的車停住了。她把車略略倒退，向着側面一轉，便從加油站上斜着穿過去了。初坐她的車，無不心驚膽戰，但坐慣了，不但不耽心，反而感到是一種享受。她開車的技術眞是高得使人佩服。她只要前面無人，便超速開車。大家說：「你開得好快啊。」她說：「這算什麽，我在印地安那賽車時，一小時開一百八十英哩呢。」她這種開法，自然常常惹得交通警察注意而光顧。但是她也有一套「爲惡勿近刑」的辦法，使警察對她一無奈何。

有一天我和熊式一先生在校旁的青年會餐廳吃飯，恰好她正從裏屋吃完出來。於是便過來和我們打招呼，欠着身寒暄了幾句而去。她走後熊先生問我：「你怎麽認識這個人？」我說：「怎麽？」熊先生說：「她是學戲劇的。」「你怎麽知道她是學戲劇的。」「我搞戲劇搞了幾十年，我怎麽不知道，你不要看剛才她這點動作，才一兩分鐘，要沒有五六年的訓練，還必須是嚴格的科班訓練，就作不了。」我聽着奇怪了。「咦，她剛才不就是站在這裏談幾句話嗎？」「你不知道，她這動作儀態完全是西洋宮庭的訓練。」咦，咦，有這等事，我們只知道她斯文，沒想到她這「斯文」裏面，還藏着這許多文章。

經過熊先生這一品題，大家就對她愈感到神秘；愈感到神秘，就愈想弄個清楚。但無論你怎麽好奇盤問，別想從她嘴裏討出半點消息。別的事，她都和你談；但只要一涉及身世家庭，她便馬上巧妙的把問題閃開。有一次，一位夏太太問她：「小姐，你好年青啊，你是十八還是十九？」她笑着說：「也不是十八，也不是十九。」夏太太又問：「你講話有法國口音，大概令堂是法國人吧。」「不是的。」我跟着問：「那麽是那裏的人呢？」她回過頭來一笑說：「那是一個你不知道的地方。」就在這淺顰微笑中，我們就繳了械。難道你還眞能逼着她再問。有時她也正面回答，但答得更使你莫名其妙。我曾經問：「令尊的大名怎麽稱呼？」她非常有禮貌的說：「按照我家的規矩，未得他老人家的允許，我不能告訴你，你能原諒我嗎？」我又曾問過：「我到紐約時，是否可以拜會拜會你們老太爺？」她又萬分誠懇的告訴我：「就是他自己囘到紐約，也不一定就能見得到，到什麽地方去了，幹什麽去了，也不敢問，問也沒有用。」她不說還好些，她這麽一說，我就更不知道他們是幹什麽的了。

一天晚上，大家茶餘酒後，偶然又談到這位小姐。大家除了對她是謎一樣的感覺外，簡直是一無所知，莫非她是國際間諜，但也不像。她究竟是那國人，甚至究竟是不是夏大的學生，誰也弄不清楚。唯一可以斷定的，她一定是貴族，家裏一定很有錢。於是有一位接口道：「聽說印度北部有一部份人皮膚白皙，完全與歐洲人一樣，也許他們就是那一部份的王公？」是不是有這麽囘事，誰還去考證，我們就假定這是個結論，從此便算她是「印度公主」吧。

（原載民國五十五年一月「新天地」四卷十一期）

〔四〕

愛情和婚姻

我們常聽到好多女孩子義薄雲天的表示：為了愛情可以犧牲一切。我們又常看到許多人理直氣壯的要離婚；因為他們之間已經沒有了愛情。這兩者雖是聚散異趣，但其基本的觀念却是完全一樣，都認為愛情是婚姻的本質，婚姻的一切完全取決於愛情。

不錯，愛情確乎是美麗而可貴。愛情不僅是婚姻的靈魂，並且是人類進化的表現。試問動物（至少是絕大多數的動物）甚至是野蠻人，他們可曾懂得愛情？他們的雌雄匹配、男女結合，不過是一種生理活動而已；那裏有什麼愛，那裏有什麼情？只有在人類進化有了高度文明之後，才能轉「肉」為「靈」，把獸慾昇華為愛情。這正是人類高尚卓越的表現，怎麼不珍貴！

但愛情儘管珍貴，却畢竟是感情。充沛的感情只能形成熱情，却不能帶來理智。反之却由於有欠冷靜，而會失去理性。因此我們若只憑愛情一端來決定婚姻，實在是有欠考慮。若再把婚姻的基礎純粹建築在愛情上，更是危險而不可靠了。因爲愛情一如其他的感情，既不一定合理，而又變化多端呀！想一想，朋友吵架時，我們不是都勸他們理智一點，千萬不可感情用事嗎？怎麽婚姻這樣嚴肅的事，反而倒要建築在感情的基礎上呢？

人們每每譏笑好萊塢的婚姻，認爲這些明星們把婚姻當兒戲。其實他們又何嘗願意？而其所以然者，就全由於只知道有愛情，而不知道愛情之外還有別的問題在。這些藝人們聰明而熱情。唯其熱情，所以只要一旦情有所鍾，便不顧一切，非要有情人必成眷屬不可。唯其聰明，所以反應靈敏活潑，情感的起伏變遷特別多。一旦情移熱散，那又非仳離不可，絕不耐心再作其他的考慮。試問還怎麽不成兒戲？

人非草木孰能無情，但是要問一問這情是否合理，是否相宜，而不能盲目的跟着情感走。「一見鍾情」固是佳話，但有幾人能保證他這「一見鍾情」，實際不是「一見衝動」呢？祇憑一股衝動就要勉强結合——試問還有什麽好結果。光是自我陶醉「愛情至上」是沒有用的。

婚姻雖每由愛情而促成（按，媒妁之婚卽先有婚姻後才有愛情，甚至沒有愛情。故云「每由」），但愛情却不等於婚姻的本身。我們既不可憑一時的衝動——不合理的愛情——來妄結連理，更不能把婚姻，劃地爲牢，關在愛情的樊籠內。因爲婚姻的內容遠比愛情爲豐富。聰明的人不僅用愛情締造成美滿的婚姻，並且要用愛情的熱力，給婚姻建立更穩固的基礎，把婚姻帶到更高的境界。這好比汽車雖好，旅途也很愉快，但我們却不能總就在車上；反之却要用車子把我們帶到駐足的家園。這家園才是我們停留和活動的場所；才是我們遮蔽風雨和創造未來的天地。而這一天地，才正是婚姻合理的歸宿，才正是愛情與婚姻美妙而穩固的結晶。

（原載中央月刊第五卷第十一期民國六十二年九月一日出版）

青年與戀愛

——答讀者李谷邨問

谷邨先生：

接到您十月六日的信，責備我們沒有答覆您的問題，眞是抱歉。我們原是請老馬先生給您作答的。後來因爲他編印自己出版的「實用生產百科全書」過於忙碌，簡直抽不出時間來寫，以致延誤。現在承您催問，只好改由編者作答。不過本人一向教哲學慣了，解答難如老馬先生親切落實，還要請您原諒。

您這戀愛的失敗，在我們第三者來看，乃是必然的結果。這一問題的中心焦點乃在對方是「中國小姐」。假如對方沒有當選中國小姐，問題比較簡單；您的才情，她的品貌，或許情投意合，結成佳偶。除了女方家庭有特殊考慮外，大概不會遭受什麽外力干擾。但在既當選中國小姐之後，情形便大不相同了。這時她已不僅是引起社會注意的×××；（您是否也是由於她當選中國小姐而後才知道她，才認識她的？）並已成爲社會所公有的「中國小姐」。她周遭已形成一種使其難以自主的氣氛；一切生活味口，社會接觸以及人生藍圖都將不知不覺的隨之而轉變。尤其因了過份的引起社會注意，使得許多大力者（良善的或邪惡的）對她發生興趣；而運用他們的金錢、地位、聲望等等優勢的武器，佈成陣勢，把她釣去或搶去。一個女孩子以及她的家庭，面對這種威勢幾乎是無法抗拒的。而閣下以一介青年，在這種情勢下，來參加角逐（假如早與對方是山盟海誓的老友，那或者還有希望），說客氣點是一場艱苦的奮鬪，說得不客氣，那就是有點不自量力，其爲失敗，乃是必然無疑的結論。

上面這些話，青年們是難入耳的，一個陷入情網的青年，每每陶醉在自我主觀的幻覺中，認爲一切可憑藉自己的熱愛強追而解決，只要花上無窮的努力，獻出無盡的熱情，便可博得芳心，締結良緣。全不考慮對方的實際需求，彼此的客觀環境。假如有人多嘴指出，便會嗤爲不懂「愛情至上」的凡夫俗子；假如對方並未接受這番癡情，而另有選擇，那不僅是不懂愛情至上，並且將是「卑鄙無恥」（？）。總之一切都是意氣用事，而不肯面對客觀的實情。縱令勉強接受指點，承認困難的存在，但熱情而有勇氣的青年，往往相信憑着一已的主觀努力，便會克服困難而產生奇蹟。「奇蹟」！「奇蹟」當然也不能說不會有，但在理智冷靜的人，却寧願相信事物演變的必然道理，而不妄存僥倖之心，去期待奇蹟。縱令眞個奇蹟出現，但在這奇蹟的背後，不知早埋藏了多少不可想像的時間與努力。這時美麗的對象是追到手了，而青年的大好時光，也白白的過去了。學問事業縱不完全荒廢，但較之本來應有的成就，勢必大打折扣，這我們又何苦來？試問一個堂堂正正的大丈夫，全部的人生意義就在娶一個漂亮太太嗎？

固然「窈窕淑女，君子好逑」是出於人之本性；但人生是多方面的，我們要有均衡的發展，不能以一端的任性，斷送了全面的人生。人雖然非同草木，不能無情；但更要緊的還是理智。我們要以理智調節情感，我們要以情感配合理智。可行的，能成的，我們不妨去進行，以遂情趣。但是情勢懸殊，事實不允許的，我們便應該運用理智毅然跳出迷網，把我們的精神體力轉移到適當的方向。所謂「盛年不重至，一日難再晨」，我們不好把青年的大好時光妄作盲目的濫用。反之我們應該想想父母國家對我們的培育，社會人羣對我們的寄望，而要把握時間勤奮向學，以有用之身作一番立己立人的事業。這時你雖自情場退出，未耘愛田，但是天下事有時正如老子所說「或損之而益，或益之而損」你求它求不到；不求它，反而自己來了。假如你眞能在學問事業方面有了卓越的成就，美麗高尙的對象將會不期而自遇。

自命不凡的青年，也許要指責：這仍是「書中自有顏如玉」的「落伍」(?)思想，假如眞有小姐衝着我的學問事業而來，那她不僅不懂愛情，並且是個羨慕虛榮的卑鄙份子，我才不要這種人呢。——朋友你錯了，假如已論婚配，曾誓山海的愛侶，忽然見異思遷趨炎附勢，那我們可以駡她卑鄙無恥。但是一個並無任何法律和情感負擔的女子，當她無拘無束的去選擇其人生歸宿時，請問我們有什麼理由反對她垂靑那有學問有事業的人士？我們不要以爲投向學問事業有成就的人，就是爲了虛榮享受。固然這裏面不無一些富貴榮華的貪圖，但其主要的動機還是出於一種崇拜英雄的心理；天然的對於在學問事業上努力有成的英雄，生出愛慕之感。這種崇拜英雄的心理乃是出自女子的天性，而形成她們的精神要求。她們有權利去選擇自己愛慕的英雄——當然有時是選錯了的——去滿足她們的精神要求。我們絲毫不能非議。一個眞懂愛道的，不能只想用手段去佔有，或是癡情去乞憐。這樣縱使成功，將來婚後情形也很難美滿。反之却是要能設法滿足她們精神要求，陶醉了她們崇拜英雄的心理。須知人與人間的關係是相互的，不能只夢想一個極爲可愛的妻子，而自己却一無可愛之處。孔子說「不患無位患所以立」，從政如此，戀愛又何嘗不如此？我們要想獲得人家愛我，先要使自己確有值得別人愛慕之處。女子還可憑家世姿容博取人們的愛憐，而我們男子除了學問事業，請問還有什麽正路？假如眞能及時努力，在學問事業方面有所建樹，這成功的英雄是會受到人人尊敬的，又豈止女子而已？這是夤緣而遇，崇敬相愛的女子，不僅不像你所想像的，全是些羨慕虛榮的卑鄙份子，相反的，倒是每每對你有更深刻的認識，更合理的敬愛。只有在這深刻合理的基礎上，才能建立起永恒的精神結合；才能獲致到人生的眞正幸福。努力吧！青年朋友們，向着學問和事業！

即候

臺祺

編者敬覆（原載新天地第一卷第九期五十一年十一月一日出版）

情人節

今天是二月十四日，西洋人把這天叫作 Valentine's Day。按照西方的風俗，有情人這天寄贈情人卡或其他類似的事情，因此我們翻成情人節。

情人節爲什麼叫 Valentine's Day，實在可說是莫名其妙，Valentine是人名，這位Valentine 先生並不是什麼大情人，而是古代羅馬的基督教的殉道者，他是主教，一生都無涉及風花雪月的故事，而情人節竟以他的名字傳，假如 Valentine 主教地下有知也將會啼笑皆非了。

但不論來源如何，命名如何，而給少年男女有這樣一個節日，足見西方禮俗對這方面的重視。中國社會在這方面是要比較保守的，古語說「飲食男女人之大欲存焉」，飲食是維持個體本身的生命，男女是要達到傳遺後代蕃衍種族的目的。這兩件事豈僅是「食色性也」而已，簡直就是人們物質生活的全部節目。在這兩大節目中，大體說來西方社會偏向男女，中國社會偏向飲食。原來這兩大節目雖都是人們生活的內容，人性的表現，但是其後果却大不相同，求食的努力使人奮發有爲，增益智能而有所成就。男女的歡樂則荒時廢業沉湎喪志，而帶來完全相反的後果。正因如此，中國古代聖人立俗施教便誘導着人們把興趣投向飲食方面，而暗中沖淡男女方面的發展。試看我們中國自從古代宮廷中的祭畢而宴，閭里間的鄉飲酒，降而及於近代拜拜祭祖是要大吃，結婚祝壽要請客大吃，甚至喪禮從前還都要宴客請吃，至於過節更是燈節吃元宵，端午吃粽子，中秋吃月餅，甚至紀念佛祖還要吃臘八粥。一切的節日都以「吃」渡之，好像我們中國人只有用吃才能紀念和慶祝一樣。試看那一個國家有像我們這樣子的？尤其我第一次到美國去，冷眼旁觀看到美國的許許多多的事情都直接間接的牽連拉扯到男女方面，眞是和我們成一强烈的對比。後來回國道經倫敦，陳西瀅夫婦設宴款待我，我就談起見聞感想說，如以飲食男女來論，我們中國可說是飲食文化，而美國則是男女文化，這一感想甚獲他們賢伉儷的賛賞，並認爲男女文化的流弊很大，而飲食的文化則只要準備點胃藥來治胃病就好了。正因如此，所以我們中國已歷經四千多年，除了少數特權份子有荒淫的事例外，一般民間社會仍保持淳樸的風氣，反觀西方以美國爲例吧，立國還不到兩百年，社會上已然嫖瘔橫行，奢淫無度，這樣下去眞不知如何得了。

現在西風東漸，天下一家，情人節這種「樂而不淫」的節目固已傳入，而其他種種有關男女的風尚也無不逐漸沾染，我們在這接受吸收之餘應該保持明智冷靜的態度，我們要取其風趣可嘉之處，而去其荒放無度之弊，尤其貴乎發揮我們傳統的中庸精神，使其能有節制，以確保我民族的健康，國運的長久。

（民國六十二年二月十四日講於中華電視臺）

從不愛教女生談起

我在師大教書，學生們都知道：我不愛教女生。有一次有個學生在卷子上說：「我們何幸而能有張老師這樣好的教授；張老師又何不幸而教到我們這些女生。」前半句是作文章「欲抑先揚」的米湯，不必管他；而後半句就是譏諷我的態度不公了。

我不愛教女生，絕不是看不起女性。我媽就是女人，我怎敢看不起女的？我之不愛教女生，實在是面對着女生眞不知該怎麼講話。一個男生，我可以充分發揮師道的尊嚴，督責他丟開一切，專心爲學。甚至還可以跟他說：「大丈夫何患無妻子」，爲什麼要在這爲學緊要關頭，荒時廢業，去搞戀愛？但是我面對着女生說什麼呢？我能逼她這麼作麼？可是我的職責却就在督責其爲學，我又怎能放任不管，隨她愛唸不唸嗎？請問這怎麼使我不困惑？

這困惑並不是我神經過敏，自爲庸擾，而實是制度出了毛病的反映。我們今天的學校，一貫相承的發展下來，是一種訓練男生的制度，從沒有考慮到女生的功能和問題。今天女孩子硬要擠進來，和男生一較身手，不論勝敗，吃虧的註定是她自己。女孩子可能贏了戰鬪，而失去的却是戰爭。

難道我們就不能設計一套適合女孩子的訓練制度嗎（按：今之女子學校，不論女專，或女中，都只是男校的女生部而已，其功課以及訓練的旨趣，除了添設一點點綴性的「家事」和「護理」外，全與男校一般。）當然可以。但是問題却在女士們不屑於這樣作。自從近代女權運動興起，爲了爭取男女平等，處處都要和男子一樣；又豈肯劃地爲牢，再以「女人」自限？男人作的，女人就能作；男人有多神氣，女人就也要多神氣，絕不示弱！這固是英勇可佩；但可惜這勇氣只能算是血氣之勇，而有欠深思熟慮，好謀而成。尤其爲了爭一口氣，竟拿全力去補「拙」，反把自己的優點鄙棄不用，眞是捨長就短，令人浩歎，其損失豈僅是女人自己而已？

眞正聰明有理智的，不是追着跟人家比，鳧腿鶴頸，各有所適，比個什麽嗎？所貴的是要能發揮自己的長處。天生男女，原自有別，從「生理」的分歧，影響及「心理」、「才能」的參差，一直到社會功能的差異，在在都顯示着不同；但功能儘管不同，「價値」、「貢獻」却無高下。這就如同一個足球隊，踢前鋒的和守球門的，職責雖自不同，重要却是一般。不能因爲前鋒射球出風頭，守門的就也搶着去射門；更不能把「守門的」也當作「前鋒」來訓練。只有「前鋒」、「防衞」各盡職守，各展功能，才會配合無間，贏得勝利。球隊如此，男女的社會分工又何嘗不然？

我們也知道有些女子才華卓越，遠勝過男人，不僅有大文學家、大企業家，甚至還有女將軍、女皇帝。但這究竟是少數的例外，而那絕大多數的女子並不如此，甚至也無此興趣。我們絕不能拿這些少數的例外作標準，而制定對一般女子的計劃——包括學校制度在內——合理的辦法乃是保護着女子這些例外發展的可能性，而基本上則要針對女子一般特徵，設計一套可行的制度。這制度不僅要適合女子的心性功能，尤要在能發揮女子天賦的美德。這些美德是什麽？且聽下回分解。

（原載中央月刊第五卷第八期民國六十二年六月一日出版）

女性的美德

許多朋友剛到美國看不慣美國女人的作風，年輕女人肉麻兮兮的，已經够人受的了，而許多年過半百的，也照樣穿着鮮艷動人的服裝，作着巧笑倩兮的姿態，眞是令人作嘔。每每看到許多老夫老妻，當着大家熱烈擁抱吻迎吻送，我們除了讚歎其伉儷情深老而彌篤外，實在不能游夏讚一辭。他們硬是要充分發揮女人之所以爲女人的特徵，絕不因年事增高而改易。

記得當年在北平的時候，那時風氣還不太開，有位洋味十足的「高等華人」，打扮得光艷照人去赴宴。北平有的是那些讓人討厭的衞道老頭子，就說：「喝！您這身兒打扮好摩登啊！我說，太太！您給那十八歲的留點份兒吧！」其實就是不留份兒，又有什麼用？孟子說：「知好色則慕少艾」，難道誰還愛「老艾」不成？那麽說女人老了就都該死嗎？不是的，死倒是不會死的；不過却是柳暗花明，轉向另外的一村。這一村是什麽，那就是女性的另一特徵——「母德」

了。

父母雖同是子女的雙親，但是對子女的親情却不太一樣。一般說來父親比較冷靜而理智，母親則是無條件的熱情；不管對不對，好不好，只要是我的孩子，便全面的支持，全心的愛護；一直要盡到最大的努力，求到孩子最高的滿足爲止，絕不像父親只求過得去就算了。正因爲這種熱愛的母性，才使家庭成爲孩子們的蔭庇溫床；而媽媽成了家庭中的重心，心靈上的救主。我多年來一直注意到孩子們放學回來，把書包一放，第一聲就先叫「媽！」却沒有先叫爸的。豈止孩子們叫「媽」，大人們在驚愕讚歎時，不是也喊「我的媽」嗎？幾曾聽人喊過「我的爸」？只有一聲「媽」喊出來，才能使緊張的情緒爲之舒鬆，悵惘空虛的心情有所歸屬。

把這種母德推而廣之，便脫化成另一種溫親的美德，我無以名之，只好叫作「姊德」吧。爲什麼叫「姊德」？只要體會一下大姐姐對弟妹們的情調，就明白了。大姐姐不僅幫着媽媽照料弟弟妹妹，並且很自然的會給弟弟妹妹們帶來一股祥和安適的氣氛。絕不像那些大哥哥只會帶着弟妹胡鬧和打架。有一次我和一位極有學識的神父在一起，我說：「你們天主教爲什麼要拜聖母？」他說：「我明白你問這話的意思；我們的宗教是要和人們的實際生活打成一片的。請想：假如天天拜耶穌，豈不是太嚴肅了嗎？大家怎麼受得了？只有把虔誠的心情轉化來拜聖母，才使得大家陶沐在慈祥優美的氣氛中。」其實又何止天主教？佛教不也是要拜觀音麽？尤其根據佛教的說法「觀音原本是男身，爲了救世才現女像。」爲什麼要現女像呢？還不就是要給大家帶來慈祥優美的感受麼？觀音聖母遠在天上，而無數的女士們，便是近在眼前的活觀音活聖母，她們都能給周遭的環境帶來柔和而親切的氣氛，而這一氣氛就正是一種無比的社會安定力。

上面女德母德姊德這三種功能都是女性的獨有專長，而爲男人所不能代替。一個社會若不能使女性這種功能發揮出來，那社會縱不偏枯，也將蒙受極大的損失。一個女人若不能把自己這種美德完滿的發揮出來，就不止是對社會未盡其應有的功能，也將嚴重的影響自己的幸福。而令人慨歎的是：今天絕大多數的女人，不是棄長就短，捨己耘人；就是只知其一（女德），不知其二（母德與姊德）。許多已是祖母年齡的女人了，還妖妖冶冶故弄風情，就是始終陷在「女德」，而不知推廣到「母德」與「姊德」。這種人淸夜捫心，能不感到自我空虛嗎？——除非是變態心理。——只有把這三種美德都能均衡的發揮出來，就女人講才是完滿的人生，就社會講才是發揮了女人應有的功能，而作到了「一陰一陽之謂道」。

（原載中央月刊第五卷第九期民國六十二年七月一日出版）

女性禮讚

古語說：「君子和而不同」，這「和而不同」實是一切組織結構中最重要的原則了。試想我們若光唱「斗」，或是光喊「搜」，那還是音樂嗎？那成了拉警報了。只有斗、來咪、發、搜、拉、梯，交互的詠唱，才能成爲一首曲。音樂如此，人生又何不然？唯一相異的，不過是樂分七音，人只兩種而已，那就是男與女。正由這男與女各發揮其性能，才能配合相濟，形成美妙的人生。就一如七音各盡其聲，才能形成優美的旋律。

由於男女的性能不同，貢獻也自有異。究竟誰大誰小，誰高誰下，雖難判定；但對人類同屬必要，不能或缺，則是斷然不疑的事實。大體說來，男人的貢獻是保衞和衝進；而女人的貢獻則是在人生的本身。沒有男人拚死效力、獻出生命，人羣實難存在；沒有男人的衝勁和幹勁，人類又那會有進步？但人類存在了，進步了，還不是爲了人生嗎？而女人的貢獻却就是使人們享有這人生。

從「人之初」說起，生命雖是父母共同賦予，但其形成則是單獨的在母體內孕育。等到出生後，哺乳固是母親「獨佔」的義務，就是洗滌抱撫不也是母親專擅的責任嗎？等孩子長大了，掙錢的固然是爸爸，而把衣服穿到孩子身上，把飯送到孩子嘴裏的，還不是媽媽？其實又那只孩子，就是大人們、全家老小的衣食不也都是由主婦安排的嗎？這種情形遠自漁獵時代便已如此，直到今天又有何處不然？這並不是說只有女人才會縫衣作飯；請看最好的廚子、最好的裁縫不都是男人麽？但可惜廚子裁縫縱不是要掙錢，也是爲了解決生活問題；而女子的作飯、縫衣，却是要把人生帶給穿衣吃飯的人。只看主婦們刻意求精的要作一頓好飯給孩子和丈夫，不就是良好的說明麽？正由這一善良的天性，女子便成了人們的飼養者，儘管食物是男人獵獲的。

添衣餵飯究竟還是身外事，最值得讚歎的，竟是把自身也化作了別人的人生內容。先從儀表感受說起吧，男孩子十有七八都是邋裏邋遢的，女孩子却無不打扮得乾乾淨淨，漂亮美麗。正由這一愛美的天性，遂給人們帶來無限的快感。男士們看了固然高興，女士們看了也還不是開心，試看許多明星女伶不就是以美麗來號召，而捧場的並不限於男人麽？美的感受不分男女，而美的提供却靠女人，我們怎能不對女性讚歎？而女性給人們更深刻的美感，還要算愛情的感受。

男女關係從生物的觀點來看，實是相需互惠、平等而又平等的。可是在實際的際與中，却優劣大異其勢。男的全都「君子好逑」，女的則是「以逸待勞」。尤其不可思議的，女的還都是一派施予和服務的態度，好像婚配只是男人一方的事情一樣。而男人就在這一面倒的情形下，求婚、求愛、討生活。儘管在道理上這是不公平的，但事實的演變，却眞個確定了女子「施予」和「服務」的地位，而使女子成了男性饑渴的靈泉。

「飲食男女，人之大欲存焉」，現在從飲食到男女，無不操之於女性，而女性才是使人實際飲食，實際男女的能源。至於情緒的調劑，精神的安定，猶其餘事。因此我們若說女子是人生的娛姆，幸福的天使，實非阿諛諂頌之詞，只要女人能盡其女人天性的話。歐陽修在醉翁亭記中，描寫人民的熙攘快樂，而太守則是「樂其樂」。現在人們追求人生的享受，而女性的人生就在使人們享受人生，這眞是「樂其樂」了。以別人的快樂爲其樂，試想這是多麽的偉大。但是今天在個人主義的薰陶下，女士們已不欣賞這種平凡的偉大。她們根本不願意爲别人活着，而是要追求自己的人生。在現代教育培植下的女性，寧願在辦公室裏，看着長官的臉色打字，却不願待在家裏爲丈夫孩子縫衣作飯。這種作風當然會有其現實的收穫，但獲得的只是虛榮的陶醉，享受的歡樂；而失去的却是全面的幸福。一己幸福的失去事小，而使人類社會失去了全面和諧，造成了數不清的痛苦，却是大事。不見今天有些家庭有問題，有些人不自在麽，我們無意把女子趕回厨房去，更無意把男人的幸福賴在女士們的身上，可是失去的空虛如何塡補，攪翻了的和諧如何調勻，却是擺在面前的問題，究竟怎樣解決，能不想想麽？包含女子自己的幸福在內！

（原載中央月刊第六卷第五期民國六十三年三月一日出版）

從「好丈夫」說起

常常看到有些人亦眞亦假的，稱讚那侍奉太太體貼入微的先生，說他們是「好丈夫」。——豈止旁邊稱讚，許多太太們不就眞是喜歡這個調調兒，而認爲能陪着她玩，能哄她高興，甚之甘心供她享受揮霍的，才是「好丈夫」嗎？

太太們能有這樣一個丈夫，那眞是前生修來的，我們只有爲她祝福。尤其看到那些男奉女享，兩情繾綣，終日陶醉在歡樂中的少年夫婦，誰不羨爲神仙？但是在艷羨之餘我們不免要問一下，人生就眞這樣「今年歡笑復明年，秋月春風等閑度」麽？就全不爲未來的遠景想想麽？何況婚姻是現實的，人世的盛衰是冷酷的，縱使丈夫心甘情願的作你的哈巴狗，但是社會還有種種外在因素的侵擾，絕不容隻手給妳創造一個世外桃源，縱使你衣食無缺，有的是錢。但有些因素却不是錢能買到的，特別是名譽、學問、身分、地位……等精神方面的因素。這些事不僅不是錢能買到的，並且同時也不是圍繞着你的裙邊履下所能找到的。要想找，就勢必寒窗苦讀，人海奮鬪，而不能再整天在身邊陪着你玩。不但不能陪你玩，反之還要你放棄享樂，挺身而出，支持你那上進有爲的丈夫，古人所說「相夫教子」就正是此意了。

或者說：我爲什麽要放棄當前的現實享樂而去追求虛幻不實的未來榮譽？——不錯，這個考慮是很實際的。但是我且問你，縱使獲得了無盡的現實享樂，意義又在那裏？那也不過是一時的快意而已。享樂過後，你不感到帶來的空虛嗎？自然而來的享樂，還有可說，若把享樂就當作了追求的目標，那人生的領域就未免太簡陋了，——至少是太狹窄了，卽使不說是缺少價值——你自己一個人來求已經不可，何況還要別人爲你求，那縱不是把丈夫的人生埋葬在自己的享樂天地中，至少也是阻塞了他上進的前程；雖是贏得了「好丈夫」的頭銜，却是報廢了「大丈夫」的本質，試問始作俑者於心何忍？

眞正有意義的人生，不是要人家「爲我活着」，反之却是「要爲別人活着」，因爲只有這樣才是把人生的領域，突破了小我的樊籠，延展到更寬廣更宏大的境界。同時也才溝通了人我的心聲，帶來了人我交融的至樂。「相夫」不談，且以「敎子」爲例吧。每個正常的媽媽無不是「兒饑」比「己饑」更難受，「兒飽」比自己飽了還高興，尤其一個負責任的媽媽，終日所忙無不是爲了兒女，從未想到自己。正因爲如此，母親才成了所有孩子們親愛無間的上帝，而作媽媽的也換來了深厚無比的福樂。這一至樂又豈是那暫淺的體膚享樂所能比？教子如此，「相夫」又何不然？假如眞能捨享樂，爲前程，和丈夫携手邁向美麗的遠景；那雖不求樂，而却自然的「樂在其中」了。

基督教有一個神話性的故事，說耶穌爲了贖救世人的罪孽，而釘死在十字架。這就在我們不信教的人聽來，也是一個太美麗的故事了。耶穌唯其爲世人而犧牲，然後才偉大，才有意義。假如要把世人全釘在十字架上，來爲耶穌的福；試想那耶穌還成了什麽，就算有福他還忍心來享嗎？

（原刊於中央月刊第六卷第九期民國六十三年七月一日出刊）

從西方的老婦談起

我家岳旅居歐洲多年，加上叔姪弟兄都在外交界服務，可稱得上是深通「洋務」、洞明「夷情」。尤其有一次給我的指示，眞使我佩服得五體投地，拍案叫絕。

那是我初到華盛頓大學執教的時候——當然也就是我第一次出國的時候——好不容易在學校附近找到了一個合適的住所，而房東老太太的身分學識，尤出我意料之外，我心中好生高興。兩天後就搬進去，可以安頓下來開始工作了。當天晚上我就給親友們寫信報告行止。在給我家岳的信中，我特別稱道那位房東老太太，擁有三個博士學位，身爲高中校長，還在大學兼課。住在這樣一位高尚的老太太家裏，一定可以得到許多慈祥的關照，親切的指點，實在太好了——那知我家岳接到這信後立即寫信，叫我趕快找房子，準備隨時搬家；說是外國的老女人難以相安共處。妙在；當我捧讀岳父的回信時，已經是在搬家了。

西方年老的女人何以這樣古怪難處？常言說的好：「一方水土養一方人」，那全是西方社會「培養」出來的。古今中外，除了母系社會外，無不對女的嚴加管束，壓低身價；甚至像阿剌伯的深藏多蓄，日本的鞭撻奴役，眞是無所不用其極。世俗之禮是周「公」所定，還有可說；出世的宗教似應超然公允了，但竟也對女子照樣貶抑。回教不用提了，拿天主教說吧，可曾看到修女充當神父、主教，更不要說是樞機和教皇了。就是最開明的佛教，也公開認爲女子慾念重，意志薄，所修習的戒律，要遠比男子爲嚴刻。至於道教就索性說男子成仙只要三步工夫，女子却需要四步❹——總之這一切一切都是貶抑女人的聲價，而把女人踩在脚底下；但唯有西方社會却把女人高捧到天上。

西方社會從日耳曼人南下時，便男多女少。俗語說：「物以稀爲貴」，何況還是這活蹦亂跳使人迷醉的「物」？因此便由稀而貴，由貴而寵；而壞就壞在這個寵字上了。自古英雄無不愛美人，但多半出之以君臨主宰的態度，甚至是眷優蓄之。越是文化低，越如此。只要想想日本武士的作風就可思過其半。而張大帥的「豪邁」（？）作法就更別提了。但西方中古的騎士却對女士，無不愛護備至，而以能對女人尊敬維護爲美德；這在別的社會實在是很少有的事。今天雖已女多於男，但許多尊寵女性的禮俗却仍保存在民間。當我初與西方社會接觸時，特別是生長在北平那個東方古老文化社會中的我，眞是樣樣看着都有點莫名其「妙」。譬如說吧：在一個隆重的盛會中，男士們無不峨冠博帶，整衣修褲眞不愧是文明之邦；想來女的更將是金纏玉裹、深藏不露了。那知穿着「禮」服而來的仕女，竟是袒胸露臂，玉腿掩映。我眞不知哪個標準才算是「禮」了。這只是衣冠，妙在還是儀態。一位貴賓進來，滿座起立相迎，以示禮貌。而女士却都安坐無睹，只等客人走過來，輕輕把手給他拉拉而已，完全是一派教皇伸手賜吻的神氣。至於「女士第一」(Lady first)的口號，更是隨處皆然，當仁不讓了。請看古今哪個社會曾對女子這樣的優寵。

尤其把女人慣壞了的，還是那無盡的阿諛和奉承。女孩子自打懂事起，來接觸的男士們便多多少少都有點「君子好逑」的情調；特別是在往昔女子缺少社會活動的時代。在「好逑」的心情下，誰能去「直言敢諫」、故煞風景?還不是搜索枯腸，找盡讚美的辭彙來捧場。終至一位高手，壓倒羣雄，雀屏中選，結束了讚美的競賽。競賽雖是結束，讚美並未終止。作爲一個「好丈夫」，更是要「相敬如賓」，歌頌逢迎直到最後的一天。眞是：「恭維到死辭方盡；是非顚倒心始甘。」古今多少有爲的君主，尙且恭維逢迎得迷迷糊糊的，拿假當眞，自以爲是呢？何況是平凡的女子。因此又有幾人能不陶醉得顚顚倒倒的，生活在幻夢中？等到人老珠黃新人繼起，好景已是不再，迷夢豈能就醒；仍抱着當年那種頤指氣使，傲慢自是的態度，試問誰還吃妳這一套？換來的只是一片「竊駕君車」的指責，却聽不到「孝而忘其刖罪」的讚賞[2]。這時別人固是覺得討厭難處；自己更是痛苦萬分。而推本溯源豈不都是來自一輩子米湯灌壞了？

反觀我國老年的婦人，閱歷已多，火氣下降，大都變得慈祥溫親；唯其慈祥溫親才能與人相容共處，子女媳婦歡聚一堂。但今天我們這種固有美德，漸漸爲西風吹垮。年輕的女子，正步向西方的後塵。在吃捧受讚的時候，自是趾高氣揚，快意一時。但有沒有想到未來的發展後果？爲了對終身作個全盤的打算，爲了促進社會的共同幸福，我們要發揮我們一貫的作人道理；要維護我們文化的傳統美德。

附註

❶ 道教修鍊的方法極多，但其基本的原理則是分爲「鍊精化氣」，「鍊氣化神」，「鍊神返虛」三步工夫，但女子則要先斬赤龍，那就是說先要把天癸鍊停了，才能開始這三步工夫。

❷ 韓非子說難篇云：「昔者彌子瑕有寵於衞君；衞國之法竊駕君車者罪刖。彌子瑕母病人間有夜告彌子。彌子矯駕君車以出。君聞而賢之曰：孝哉爲母之故忘其犯刖罪……及彌子色衰愛弛，得罪於君，君曰是固嘗矯駕吾車，又嘗啗我以餘桃。」

母親與母親節

以前我們的節日很少，大家所過的只是上元、端午、中秋三個節日而已。現在社會上却流行着各式各樣的節日：眞是花樣繁多，層出不窮。不僅各行各業都有自己的節日，甚至不同的身份也都有其獨特的佳節，例如我們現在要談的母親節是：

母親節是來自美國的。最早在一八七二年有一位郝玫麗（Julia Ward Howe）女士首先倡議定立母親的節日，當時她建議的是六月二日。後來到二十世紀初期又有一位賈微絲（Anna Jarvis）女士正式奔走呼籲；終於在一九一四年由威爾遜總統提請國會通過，明定每年五月第二個星期天爲母親節。這就是今天母親節的來源了。自從西風東漸之後，許多洋人的節日，我們都跟着後面過，這原是萬國同風天下一家的好現象，本不足怪。但是這母親節，我們也不折不扣的跟在後面起閧，却令人不勝感慨！

我們中國自昔崇尙孝道，社會上流傳着「萬惡淫爲首，百行孝爲先」的信條。而在整個社會的禮俗政制來講，更是以孝爲主要構成精神之一。遠自周朝的宗法制度，便以孝爲基幹。漢朝更是本着儒家孝經和中庸的理論，標榜以孝治天下。天子以孝道自守，死後諡號稱「孝」，如孝文帝，孝武帝是。取士也以「孝」爲標準，而稱爲孝廉。眞是自天子以至於庶人，一是皆以孝道爲本了。這種精神一直到清末皆然，儘管不能百分之百作得到。

反觀美國以及整個西方社會，不僅並無「孝道」的講求，甚至根本沒有「孝」這個字。我在美國講儒家哲學，碰到這種地方眞是尷尬萬分。無奈之下，只好跟着大家勉强翻成 Filial piety 了。實則這英文的 Filial piety 與中國的「孝」之含意，眞是相差十萬八千里。我們幾千年倡行孝道，竟不能發揮闡揚，反而在一個連孝字都沒有的國家後面，學人家過母親節，不僅慚愧盲從，並且有負我們民族應盡的責任，對不起我們立德倡善的祖先。我們自然科學不如人，作原子彈作太空船不如人，難道連孝道的推行也都不如人麼？

即令我們也學着過母親節，我們中國有許多世所罕有的偉大母親，例如孟母、岳母等是。她們不但辛勤撫育，母愛情深；並且還大節凜然敎子成名。例如岳母在兒子背上銘刺「盡忠報國」四字，勉子爲忠。而孟母則硬是把一個調皮搗蛋的問題兒童，誘導成爲聖人。試看這是如何的偉大？豈僅婦人之仁，母性之愛而已？我們爲什麼不選擇一個足以紀念她們的日子爲母親節，一如選大禹生日爲工程師節一樣，爲什麼一定要跟在人家後面盲從呢？

或者說這已是國際通行了的，大家應該一致。那倒也不盡然。例如我們以五月一日爲勞動節，而美國的勞動節則是九月三日？假如我們要能擬定一個眞正有意義的日子，說不定美國還會跟着我們改呢。不見美國也要以孔子誕辰爲教師節了嗎。

（民國六十二年五月十四日講於中華電視臺）

附：羅光、徐復觀、李方桂、高明、林尹、張起鈞等海內外六十三位教授聯名呈請內政部「明定孟母紀念日爲母親節」呈文（民國六十九年九月一日）

說明：

一、孝爲人類之美德，母愛尤爲子女永銘心版之親愛。爲盡孝思而崇母愛，乃有母親節之風行。

二、唯現行之母親節肇源美國，日期係由一位名賈微絲（Anna Jarvis）者倡議而定。立意雖佳，其期日實無紀念之意義。我國倡行孝道，舉世皆知，而母儀典範尤層出不窮，亟宜就其中選一有意義、值得紀念之日期，定爲國人之母親節，不僅弘揚我傳統孝道，並使國人遵行時有親切之感受。

三、孟母爲國人普遍尊崇之典範，而其將一嬉戲好玩之兒童，教導培植終成聖人，尤屬偉大可敬，非一般母親所能比，現孟母生日已不可考，擬請明定孟母生孟子之日（亦卽孟母所以成爲「孟母」之日）爲我國母親節，庶幾崇功報德，表揚母儀，而使母親節有更充實之內容，同時亦可表達對我亞聖孟子之追懷，一舉數得，豈不美哉！

敬請

卓裁　明令頒行

建議人：祝振華　成中英　羅　光　王讚源　吳際平　張翰書

胡思良　何佑森　林清江　吳長炎　周文孝　潘重規

應駿明　羅聯添　楊家駱　馬漢寶　伍振鷟　黃振華

高　明　鄔昆如　王占英　楊汝舟　李守孔　陳捷先

李繼祥　李定一　汪　中　梁秀中　陳昭南　周世輔

李　鍌　吳　森　賴澤涵　趙文藝　林　尹　吳　璵

王邦雄　王大任　林咏榮　曾紹杰　曾昭旭　杜忠誥

陳新雄　王壯爲　周　何　李毓澍　任育才　李方桂

劉孚坤　宋　晞　傅一勤　高化臣　王　煜　莊進村

崔載揚　丁邦新　姜允明　戴璉璋　張起鈞　邱財貴

王家儉　徐復觀　周林靜

〔五〕

智慧的反映

近年來我們高唱復興中國文化，不免有人心中盤算：我們提倡中國文化究竟是出於民族主義的觀點，敝帚自珍呢？還是我們的文化果眞優異值得提倡呢——我可以肯定而負責的回答，那是由於其本身的價值。我們的文化不僅優異值得提倡，並且比起其他並世的文化要顯得聰明而優越。

在說明何以聰明之前，首先我們要聲明：聰明與成就並無必然的關係。譬如學校中功課好，考第一的，可能是拚命用功而來的，不一定是聰明學生。反之聰明學生也不一定會功課好。同理我們說中國文化聰明，並不涉及各人對中國文化成就的看法。然則何以說是聰明，請以事實證明。

「文化」一般說來，就是生活方式；而其最基本的內容也就是對人們飲食、男女方式的安排。他們如何安排，如何設計，從這種想法中，可以反映出人們的聰明才智。正如我們讀一首詩，可以體會到作者的才情一樣。

首先就衣服來講，西裝今天是全世界最通行，也是相當考究的了；但我們推想先民當初腦中的想法，西裝大概是從披獸皮演變而來的。而我們中國衣服，扣子在旁邊，顯然不是直接從披獸皮發展來的，至少是改良一下，腦筋比西方人要多轉一個彎。再以住來講，普通說人生有三大享受，住洋房卽爲其一，足見其舒適了。但在意念中，我總覺得洋房是從洞穴發展來的；至於中國老式的房子，則旣不是巢、也不是穴，而是眞正在地上蓋的房子。再就食來說，今天還有一些民族用手抓飯吃，西洋人用刀叉，中國人則用筷子。用手抓的不必說了，且說刀叉吧。刀是野蠻人帶的東西，叉就是手的樣子，一定是從手直接發展來的代替品。但中國筷子却不是從手直接發展來的吧，至少總要變一變，多費點腦筋吧！今天我們中國人用筷子已是司空見慣，不足爲奇，但當年初民怎會想出這種靈活適用的妙法，實在不能不令人歎服。我在華盛頓大學執教時，有一位教原子物理的英國教授Derek Paul 跟我學會了用筷子，欣喜的叫起來道：「原來筷子這麽方便，除了喝湯不行，樣樣都行。」這話一點也不錯。我們平素吃糕點，都從西俗用叉子。特別是在所謂高等華人階層中。但我却照例是我行我素，用我的筷子，有一次一個晚輩看見了說：「張伯伯您怎麽吃生日蛋糕還用筷子？」我就逗着他玩道：「嗳！你不信，咱們搶着吃，你用叉子，我用筷子，看誰搶的快？」

以上是說衣食住，其次再說有關男女方面的婚姻安排。談到婚姻，近代流行自由戀愛的婚姻，這當然是大家共同接受認爲是最好的方式了。但若從其本質來講，當然是從動物雌雄相悅演變而來。但我們中國過去的婚姻則是父母之命，媒妁之言，這種婚姻我們不論贊成與否，其本質却絕不是從動物發展而來的。一個獅子絕沒有想把女兒嫁出去；一隻老虎也絕不會給自己的兒子娶個媳婦。

以上各端都可證明我們的祖先所流傳下來的一切，總是在腦筋裏比別人多轉一個彎，多往深處想了一層。這深刻的一層，在今天民智發達，發明倍出的時代，自然不足爲奇。但試想遠古的時候，知道用石頭不知要多少萬年，把石頭磨尖一點進入新石器時代，又是幾萬年。在那種情形，我們的祖先能有如此過人的想法，試問該是多麽聰明的表現。我們今天就正應該承襲我們祖先的聰明智慧，把祖先的遺產發揚光大。

（原載中央月刊第五卷第六期。民國六十二年四月一日出版）

人生的正軌

宇宙間緣何有「人」？這是不可追問的。但既有「人」之後，人們便須盡其在我，表現人之「存在」。這不僅是「成己」抑亦是「成物」。這種成己成物的努力，才是眞正應循的「人之道」。我們所謂存在，並不是指物理上的存在，或生物上的存在。此種存在乃是自然的事實，何有待於我們的表現；我們所說的「存在」乃是義理的存在，換句話說，便是指其人之所爲人的存在。人若不能把他這部份表現出來，而也如禽獸草木一樣，塊然存於宇宙；宇宙間又何必有此一人形的動物？人之所以可貴（至少是所以自尊，自尙。）就在其確有爲其他物種所不能及者；亦卽所謂「人之所以異於禽獸者」（唯此語古義僅限於道義方面，此則應並及人之才能）。唯有把這部份發揮出來，使宇宙間有了人，與沒有人確乎是有所不同，而後人們才是眞正的表現了人的存在。因此我們不是要把我們特立奇出的「才性智能」，繁複多端的「意念圖謀」克制取消，如道家之所言；反之却正是要把這些地方能作有力而優越的發揮。我們既賦有分辨之智，便應該講是非，講善惡，講品質的美醜，講價值的高下。我們要能在此中，有所分辨有所取捨，不可囫圇無別，沒有是非好惡。我們既賦有經綸創作之才，既賦有物畜制裁之能，便要發用此諸才能，使社會成爲文物燦然，合理整備的社會；使人們得到趣味深長，內容豐滿的人生。須知這「心智」、「才」、「能」才正是人們優於禽獸異於禽獸的地方。我們人生的意義，卽在發揮這種地方。我們不能把我們的人生屈囿於「小我的生理苟安」之內，我們要本此優異的心智才能，發揚我們的功能和意義。人，本是一個生命個體，但我們却須把我們的生命範圍擴大於小我之外，我們不僅要立己，達己，並且要立人，達人，兼善天下。人，本來只知生理的順遂而已；但我們却須把我們的生命內容超越於生理之上；我們不僅求生，更要爲正義理想而奮鬪。唯其如此，個人的生命才有意義，社會才有文化進步之可言。在道家看來，這種作法，將是辛勞費力，甚至將是有損身軀的。但我們要反問；閒逸省力又有什麼價值？不僅閒逸省力，卽是身軀確保安存，又究竟有什麼意義？這只是現實的功利看法而已，不是人生眞諦的說法。人生，如義之所在，不要說勞苦，就是捐軀又有什麼關係？難道我們閒逸保身，就可從此長生不老，能比別人多活兩世嗎？既是「遲早終須死，勞逸同是生」，試問又爲什麼要爲了一時的勞逸遲早，而違反行誼？孔子告訴我們：「無求生以害仁，有殺身以成仁。」就正是這個道理。「人」雖是以「小我」爲單位，但是却不能以小我的現實得失來衡量人生；人生實有更高的意義和精神在。只有向着這方面去奮鬪，才算是發揮了人的優異性能，表現了人的「存在」，而算是眞正的「人之道」。所謂「天人融貫」，「盡性盡我」，「成己成物」便必須循此而行。個人循此而行，個人將能成德成功盡其才能秉賦。羣體循此而行，羣體必將發達進步，臻於善美。唯有這樣的路向，才不會行之有弊；才可妥妥當當的拿來作爲人生遵奉的正面指針。

（民國四十二年十一月原作）

起自物中超乎物上

——略論人生的意義

鈞按：十年前頗思以輕鬆筆調，綜論社會人生問題；用現代觀點，指出實踐應有路向。本文卽其首篇，乃文成覆按，殆仍不出西方分析繁瑣之故套，其距初衷蓋遠矣。因寢其事。今偶檢行囊，重睹斯篇，乃交新天地刊出，藉博讀者之一粲云爾。

（一）

我們雞鳴而起，辛勤到晚，都忙了些什麽？能不想想嗎？我們說「想」，並不是指那一幕一幕的操勞活動。記帳式的追憶，只能告訴我們時間是如何混過的，却不能說明這忙忙的都算是幹了些什麽？——這樣的想法有什麽用？我們應該想的是要問問自己，這些操勞活動都爲的是什麽？要問問自己，這忙去的人生，意義在那裏？

我們所以這樣問，正因爲我們是個「人」。試問我們能把自己活動比作魚游、鳥唱、雨施、雲行麽？若比作魚、鳥，全是出於無心漫然自化，他爲什麽要游，何以竟唱？他自己也莫名其妙；只是「動其天機」而已。那還問什麽？但我們「人」的活動却非如此；人的活動，全都出於自己的決定。一件事，作，還是不作？這樣作，還是那樣作，一切由我們自操抉擇之柄。這與那盲然肆應漫無旨趣的，實不能相提並論。無旨趣的，自不能去問他意義；來於決定的，就應該問問這經過決定的活動是否妥善。不能是莫名其妙全無理路。我們說人是理性動物，所謂理性也者，就正在此處。假如這些活動只是亂糟糟的一團，全無意義可講，甚至是兇殘醜惡，破敗粗俗。試問那還談得到什麽理性？我們的活動，唯其能够清醒明覺，唯其能有崇高的意義，而後我們才配稱爲理性動物，才不愧其爲「人」。

我們這樣想，也許會有人以爲是自我陶醉。在他們看來，人既是動物的一種，便自然要受生理的支配。飢而求食，渴而求飲，在什麽情況下，就有什麽行動。那裏有什麽自我的決定？人們自己，雖也許會感到生活豐富取捨多端，但從超然的眼光來看：還不是人人相若，物物皆然的「飲食男女」、「避死求生」那一套——這些話彷彿理直氣壯至當不移，實際却是大不盡然。他只看到人生的表層，而忽略了人生的實相。人雖一定要滿足生理的需要，一如其他動物，但這一要求却不能窮盡人生的全部，在一般動物，生理需要便是生理需要，直截了當沒有什麽別的花頭，而人則一方固要追求這些需要的滿足，同時還有許多其他的考慮。例如飲食，動物的目的只在充飢，人則還有口味品類的講究，也有飲宴合歡的儀節，更有取予分際的道理。又如男女，動物所求只在兩性需要的滿足，人則還有男女之別，婚姻之義——像這些問題雖都是依於飲食男女而起，但在既起之後，却對飲食男女的本身，大有伸縮文飾的作用。只因有此一「用」，乃使人生的本質與那動物生活不再雷同。這縱使一如或人所說，只是飲食男女，但究將如何飲食，如何的男女，却儘有不同的方式和作法。方式作法既然不一，取捨好惡就有個選擇餘地。怎樣才是最好的方式，怎樣才合乎自己的意願，人們實可自操權衡。甲喜燕瘦，乙愛環肥；丙嗜濃脂，丁好清蔬，全是各隨己便。你樂於縱情恩愛，圖盡男女之歡，他寧願相敬如賓，敦敍倫常之義。我們有時會獨具佳肴，邀明月而小飲，另些時則要衆聚賓朋，會衣冠之盛宴。取捨紛紜，方式無盡。能說我們全受生理支配，而無從安排自己的生活嗎？恐怕誰也不能抹殺這些擺在眼前的事實吧？唯其我們在生活中，能有選擇，能有安排，這生活才有意義，才叫作人生。

或者說這種選擇並無多大意義；人們雖可依據意想而選擇自己的生活，但選來選去只不過是些方式的變化，究其本質仍都是生理需要的滿足。這就如把酒放在不同的瓶中一樣，瓶子雖是五花八門，形色參差，而裏面裝的却還不一般是酒？又那裏有什麼高下美惡的分別？酒如此，生活也同樣是如此。若竟把一些方式的變化，妄加品評，以爲在這裏面有所選擇安排，便有了什麼意義，這全是一種錯誤的想法。沒有意義，而以爲大有意義；試問這不是自我陶醉麽？——這套話可說是似是而非之論。人生是否離不開生理需要，後面自有交待。這裏且先討論生活的本質。人們的生活，所以紛歧互異，實有其內容和路向的不同，而並非止於方式的變化。卽令捨此不談，認爲一切都只是方式的變化，那又何能影響「人生有其意義」的眞實？我們生活之有「方式」可說是必須的，因爲我們不能想像沒有「方式」的生活。（就如不能想像沒有「形狀」的物體一樣）但在種種可能的「方式」中，究竟採行那一種，却是由於人們的選擇。假如這種選擇只是純粹爲了生理需要的滿足，生活自然無從談到意義，那還有何話說？反之，若非純粹爲此，而另外還有其他的考慮，情形便將大不相同。而實際的人生却正是這後者。譬如前面所說的：男女之別，婚姻之義，飲食合歡的儀節，取予分際的道理……無疑的都是滿足飲食男女的一些方式。試問這些方式的選擇，究與生理需要有什麽必然的關係？他所考慮的問題，顯然是在生理需要之外。這種概括的事體，還比較抽象；我們再擧一個具體些的例子來說明。譬如「飲茶」這當然是渴而求飲的一種方式。我們從純粹的生理觀點看，人根本無須飲「茶」；卽令飲「茶」也不過止渴而已；此外不能再及其他。但是事實却遠非如此，從樹株的品題，採摘的取去，烘焙的法式，烹煮的考究，茶具的佐襯，飲用的情境，一直到把茶送到嘴裏，眞不知有多少說不盡的講究，到後來已經不再成飲茶，而是所謂「品茶」了。福建人爲了品茶而傾家蕩產的，不知曾有多少。飲茶本是起於渴而求飲的生理需要，但由於對飲茶的方式多方選擇，結果竟與原來的需要相距十萬八千里了。飲茶不過一例而已，其他各事，又何嘗不然，只是不能一一枚擧罷了。這些事充分證明，人們對於一切生活，究竟採行怎樣的方式，實有其多方面的考慮，而並非純以生理需要的滿足爲限。考慮限於生理需要，生活自然單純；考慮超乎生理需要，情形便將複雜。因爲「考慮」並不止於思維，且要左右人們的行止，形諸實際的人生。換句話說他是要起作用的。現在既有了生理需要以外的考慮；那勢必要在本然的生活中發生作用，而影響到生活的實質。這時人們縱仍一樣要飲食男女，但在這飲食男女之中，却早注入了新的內容。因爲必是這樣，而後才能符合那些考慮，使那些考慮的問題一并獲得解決。人們的生活本是侷限在生理需要的天地中的，但只因有此一擧乃使固有的藩籬打破，而把生活的範圍推擴到生理需要以外。這時人們自然仍不能離開生理需要，但生理需要的滿足，已不再是人們生活的「全」部，他只是生活要求中的「一」種，而此外人們還有種種其他的要求。像前面所說口味品類的講究，飲宴合歡的功效，倫常敦敍的快慰，以及所擧飲茶的諸般考究，便都是人們對於生理以外事項的要求了。我們如試一體察，則充塞在我們生活中的，盡是這些要求，他實是繁複萬端，數量無盡，這些繁複無盡的要求，按照性質歸納起來，可大別爲三類：

（一）求「知」——「求知」來於人們對外象（「外象」兼指外在客觀現象、及人的本身一切現象而言）的惶惑不明。若在一般動物，不明便不明罷了。人則在天性中賦有一種好奇心理，總想追問這些惶惑不明的事情，而把他弄個明明白白。小之秋毫，大之宇宙；內則身心，外則萬象；一切巨細隱顯的現象，只要能引起他的疑團，便無不心心念念要把這疑團打破，而看看這現象的本身究竟是怎麽一回事。換句話說就是要了解這現象的客觀情形。所謂客觀，乃是指就事論事，並不參與自己的情感和意見。原來人對一切事務都是有其是非善惡的評價，和喜怒好惡的情感，如說好好色惡惡臭是。尤其在涉及利害關係時，人們更會不自覺的有其贊否迎拒的主張或立場。這些反應雖都由於所對的現象而起，但是却與那現象的自身無關。眞正的求知是不管這套的，他要把這套東西撇開，直接去了解現象自身的眞實情形。至於這現象應不應該有，對人們利還是有害，那都是另外的問題，並不影響對這現象的探究。我們也承認，人們習染既深，事實上絕難擺脫得如此乾淨俐落，但就求知的本心來講，確乎是向着這個標準來努力的，至少在他那求知的一念中，絕未含有什麽好惡利害的因素。希臘哲人苦思宇宙的本源，牛頓窮究蘋果落地的原因，試問他們都是爲了什麽？什麽都不爲，只是要明個事實眞相，問個所以然的道理。只有這股純乎其眞的精神，才是人們求知的眞正表現。（自然也有懷具目的求知的，如工廠主持的研究，解決問題的調查……等，但那都是「知」的應用而已，求知的基本精神並不因此而抹殺。）

（二）求文——「文」是「文質彬彬」的文，「郁郁乎文哉」的文。所謂求文是想要富於文采，趨於美妙。這種要求是起於人們心情上的不滿足。一般動物也有不滿足的感覺，但都是偏於生理的。只要生理需要能以暢遂，便自會感覺滿足了。人的情形却與此大不相同。人在生存維艱，不遑寧處時，固然只求飢食渴飲，苟全一命。但逾此而往，便不再能維繫住人們的滿足心情。僅僅生理需要的暢遂將使他感到平淡枯寂。縱使這種生活曾經一度使他滿足，而不斷的重複，也將使他厭倦不堪。因此又怎能不有空虛和悵惘的心情？爲了塡補空虛悵惘，而生滿足之感，便只有擴展生活的內容，增加生活的趣味。擴展內容，是要在飲食男女之外能有其他的活動。增加趣味，是要在同一件事或同一段生活中，能含蘊更多的曲折點綴，足使人留戀神往而生充實美妙的感覺。始自生活的安排、改善、及於文史藝術的創製，終至靈性的發揚，無不是出於這種感覺的要求。內容不斷擴展，趣味不斷增加，遂使人們逐漸遠離粗野的原始生活，而進入精緻豐美的境界。所謂人類的文明就正是由此而形成。

（三）求義——求義的要求是起於人們的是非感。所謂是非感，是人們面對着人我行爲而起的一種審辨；他要問個對與不對，應該不應該。認爲對的，認爲應該的，便嚮往贊許，挺身以赴；反之則激憤厭惡，不一而足。所謂「是者是之，非者非之」；而這種明辨是非，從善去惡的意念，便正是「求義」的要求了。這一審辨與功利的判斷不同。後者是依於實際的計算，而歸本於現實生活的。求義的審辨，則是發自「本心」，超乎利害的一種合理結論。他雖也受客觀環境影響，而左右其實際的抉擇（社會各有其禮法，人習其俗各成己見，故對何者爲是，何者爲非，每有不同之認識，如人類有以敬老爲孝者，而非洲野人亦有以殺老爲孝者是），甚至爲事實困惑而有錯誤的結論。但這都是實踐中的表層問題，至於他那股擇善而從的精神，却終是人我畢同，至純至眞的；絕不因一時一地的情況，而影響其超然卓然的存在。或以爲這種審辨流於空洞，他既不似生理要求那樣現實，又缺乏求知求文那樣的實際內容，僅僅是對行爲的一種贊否態度而已。不錯，他確只是一種態度而已；但這一態度，却將領導整個的生活動向。人們若無所審辨則已；

一旦經過審辨確立了何是何非的態度後，所有其他的一切活動，便都將依附於此而演進，個人如此，羣體也同樣如此，他實是人們行動的主宰，生活的靈魂。

上面這「知」「文」「義」三種要求，都是超乎飲食男女，個體存續以外的事情。換句話說，這三者與生理需要乃是絕然殊類的問題，而並非生理需要中的一些枝節或花樣。我們若把生理要求稱爲「求生」時，則這「知」「文」「義」與「生」實是並立的四事。人們的生活內容，便由這四者交織而構成。從純粹生理的觀點來看，人們本不應有「知」「文」「義」的要求，其所以發生，不過是由於人們心靈活潑，多思多念，（至於人們何以心靈活潑，多思多念，此殆爲一不可問之問題，蓋其正緣如此而後方成爲「人」，亦猶有角之爲牛，善跑之爲馬，天之所命云爾）以致憑空引起許多主觀的嚮往而已。那也就是說：人，就其爲動物的立場言，這些事原是多餘，沒有這些事，人們一樣會生活繁衍。但這些要求一經產生之後，却與生理要求，對於人們同樣的眞實，同樣的必需。人們勢必要分出許多精神，爲這些要求而努力。因此便將人生的範圍擴大，不再如一般動物拘守在求生的範圍之內。他不僅要花精神專去追求「知」「文」「義」的需要，同時便是在求生的場合內，也一樣要顧到知文義的要求，因而使生理需要的滿足也爲之變質。人們所以在飲食男女之中竟生出飲宴合歡的儀節，婚姻倫常的禮法，以及所舉飲食的諸般考究，其底蘊實在此。

知文義的要求，不僅滲入在生理需要中，而影響求生的內容，甚至可以左右人們的意念，使人們作出與生理要求相反悖的行爲。例如妻雖所欲，「逾東家牆摟其處子」則不爲，食雖爲重「紾兄之臂而奪之」則不食。不僅如此，有時爲了某些原因，竟可根本推翻生理要求，而寧願犧牲了自己的生命，史不絕書的，殉道者，殉國者，以及爲了種種特殊原因，而以身殉的，便都是明證。這些人並非不知愛生惡死，他也一樣的是：「生亦我所欲……死亦我所惡」。但是「所欲有甚於生者，故不爲苟得也……所惡有甚於死者，故患有所不辟也」。因此竟不惜犧牲性命，以殉其志。這足見人們所求實不止是生理需要一椿；而那繁複多端的生活內容，也更不只是生理要求的「方式」變化了。

(二)

上面這番討論，使我們得到兩點認識，首先我們知道：「人生並非全受生理需要的限定」。人固然要求「生」，但也還有「生」以外的要求：也就是說，還有「知」、「文」、「義」，各端的繁複要求。這「生」與「非生」的種種要求究將如何取捨，如何搭配，人們實有其抉擇的自由。他可以按照自己的意願，而有各自不同的取捨搭配。取捨搭配不同，生活的內容，便也因之而異。取捨的方向在西，發展自然往西，搭配的重點在東，成就自然偏東。其始或小有參差，推而至極，便生出絕然異趣，性狀全非的距離。而那生活的本質，也自然早超出生理需要之外了。生理需要既然限制不住生活的內容，而人們的取捨抉擇才是影響的力量。因此人們便當然可以對他的生活有所安排，有所嚮往。至於究竟怎樣安排才好，嚮往什麼才對。那便涉及到另一個認識——「人生起自物中而超乎物上」。此話怎講？下面慢慢解釋。

首先且從「物」字說起。我們說「物」當然是指「物質」。人本身由物質而構成，並且要賴物質維持其存續，飢而求食，渴而求飲，固然要靠物質；就是男女之歡，體膚之樂，也不能求之於空虛。人若還是人，便勢必離不開物。試問無衣無食，誰能活命？命都不活，又能談得到什麼人生？唯其以物維生，使生命活下去，然後才有人生種種之可談。因此這「物」的生活實正是生活的關頭；而為一切活動的起點了，所以我們說：「人生起自物中」。

不過人生雖是起自物中，却並不止於物內。

人雖極端需要物質；但物質却不能解決人生的全部問題。因為物質所能滿足的，只是人們求「生」的要求，而「知」、「文」、「義」的要求，却非物質所能為力。這三者如何才能滿足，自是紛紜綜錯備極複雜，但有一個基本的同點，便是要獲致一種情趣或境界；而並非求之於物質。我們也知道：在滿足這些要求時，並不能與物隔絕，脫空而立。反之此情此境，却每是因物而起，有個東西才有所寄。但這物質，終不過是一種襯托，而遠非問題核心的所在。譬如畫畫，必有紙張，必有顏色，而能使我們產生美感的却非這些紙張，這堆顏色。是什麼？是由這紙張顏色烘托出來的美景，由美景帶給我們的意境。又比如，我們有時借酒抒情，引杯助興，明明是在取酒而飲，黃湯落肚，彷彿「酒」眞是生情起興的原因了。那知，不僅陶淵明的高風，歐陽修的雅趣，都是醉翁之意不在酒；就是世俗的稱觴祝賀而碰杯，他鄉遇故而盡醉，也何嘗眞是爲的兩杯酒？酒，不過是一切情境的寄託罷了。由此看來：物質所能滿足的，只是求「生」的要求，而知、文、義之所求，却另有其因素。我們若不把這三方面的人生摒絕，而還要求「知」、求「文」、求「義」，那我們人生的活動範圍，便勢必打破物質的樊籬，而超越乎其上了。我們所以說人生是「超乎物上」，其理在此。

或者說：人生的內容，不以物質爲限，此理自是明白，但何不說是「超乎物外」而却要說個物「上」？須知「上」和「外」雖是一字之差，却代表着兩種不同的意境。說物「外」，顯然是着重在活動的範圍，這只是表明了量的擴大，並不能透露由擴大而引起的意義。生活超乎物外，不僅在量的方面有所擴展，更重要的是那人生本質也早都隨之而蛻變。它已不再與本有的人生同屬一類；而却是分別代表兩種高下不同的境界，一個是動物的境界，一個則是人之所以爲人的境界。何以說是動物的境界？因爲在物質的限度內，人所能滿足的，只是生理的需要，這種原始的生理活動，實是一切動物所共有的。套句古話：就是人之所同於禽獸的。人若只盡其同於禽獸的性能，那麼，「服桀之服……行桀之行」自然便「是桀而已矣」，還又怎能不是動物的境界。若一旦超乎物外，情形便大不同了。這時除了滿足生理的需要外，同時還有知文義要求的滿足；而這後者，却正是人之所特有的事。也就是「人之所以異於禽獸」的所在。（按：禽獸是否全無知文義的要求，雖不敢武斷，但至少是不發達的。）人若在這方面盡其所能，精進不已，才眞是發揮了「與禽獸的不同」，而盡到了人之所以爲人的特性。這時雖也一般的飲食男女，但其意味，却遠非動物所能比；它實已另有其「等而上之」的境界。而這一境界之所以構成，豈不正是由於生活領域突破了物質的藩籬嗎？意義如此深遠，輕輕一個「外」字，又怎得盡其底蘊？我們只有說個「物上」，才能盡其衷曲；而使人體驗出超乎物質之上的生活；領會到超乎動物（動物也是一種「物」）之上的境界。

也許會有人說：境界雖自不同，但人的境界何以就該是「上」？莊子說「以物觀之，自貴而相賤」，禽獸若有知，又何嘗不可賤人重物而自詡爲上？——這段話若果成立，那還有什麼客觀是非之可言？我們說這境界是上，絕非因其爲人所有；反之我們所以說人是萬物之靈，高於禽獸，却正因爲人能立身這豐盛優美之鄉；遊心這高超卓越之境；這實是一個公認的是非，而非人們自貴的偏見。縱使禽獸有知，也當承認這一境界，確乎凌駕其上。上，究竟上在那裏。這却無從一語道破，大家雖同有一致的感覺，但一致的感覺，並不來自一致的途徑。仁者得之於其仁，智者得之於其智，正所謂是殊途而同歸，百慮而一致。若一定要有個具體指證；那麼你認定「這」正是所以爲上的原因；他却說「那」才是上的眞正本質。意見百出，眞是難有一言服衆的定論。因爲上不上，本是個主觀的價值判斷，又怎能抹殺各個不同的看法，而强聽於一是？不過儘管聚訟紛紜，莫衷一是，却有一點，事實俱在，將使大家啞口息爭，共認不違。事實何在？須知禽獸的生活都是生而卽有，得自天然的；而人們這一境界，則是千辛萬苦開創出來的。人們今天的生活領域中已充滿了知文義的因素；人們已把文物豐盛，情趣高雅的生活，視爲本有，習爲自然的了。回想當年人類從渾噩洪荒中，能有尺寸進展該是多麼的不易。曉得用石頭，不知要經過多少萬年；會把石頭磨成工具，又不知要過多少世紀，眞是一事一詠歎，一步一辛酸。到今天居然開發出如此卓越豐美的境界，試問這中間要涵泳了多少人的腦汁，多少人的血汗？這又怎能和那未開發前的境界相提並論，等量齊觀？若把那渾噩原始的動物境界比作璞石，而人這境界却好似辛勤剖鑿出來的美玉，精心雕鏤出來的玉盤。試問誰肯把美玉去換璞石？誰又肯白去辛勤，施工雕鏤，假如玉盤沒有更高的品價？玉盤如此，人的境界又何不然？人若不是盲目無知，必不會把無盡的辛勤血汗，投向虛無之鄉。宇宙若不是空幻無律，人們的努力也必不會一無代價。代價是什麼，那便是提高了人生境界的品價。我們所以說「上」，論據便在這裏。而這一論據乃是客觀的事實，無人能以主觀的心情來否認。

（原載於民國五十四年八月之「新天地」四卷六期）

美的人生觀

「美」不僅有形體美、聲、色、美，而「行爲」也有它的美，所謂「行爲的美」並不是指戲劇，但也可說就是戲劇，假如要把整個的人生當作戲劇看。不過這個戲和戲臺上的戲畢竟有些不同；後者有他一定的劇本，有他一定的角色；你不演則已，要演就要按着他的規定來演，絕不能參加你自己的意志。譬如扮演白臉的曹操，你就要活現出一個奸雄的姿態，而不能唱劉備，諸葛亮的詞，也不能畫個紅臉來行關公的事。但是這人生的大戲，却不同了，他沒有一定的劇本，更沒有一定的角色，要演些什麽，全由我們這些演員自己來決定。你的角色由生扮，還是拿丑充，由你選；你的臉譜是紅是白還是素臉，由你自己來畫；你要爲善，還是爲惡，作忠，還是作奸，也全由你自己的意志，絕沒有劇本的束縛，絕沒有導演的干涉。

然而這兩種戲終於有一個同點，有一個根本的同點，就是要使觀衆看了起美感，絕不可刺激他的心靈使他不快。你既按理想決定了你的角色，你就該好好的去演這本活的大劇，你就該盡着你的全力美化你自己，美化全齣的戲。不到唱的時候不要唱，不到作的時候你也不要作；而到了唱的時候作的時候，你便立刻就唱就作，並且要聚精會神的唱，一絲不苟的作。該走三步才好看的，你不可走兩步，該唱兩拍子半才好聽的，你也不可唱三拍。不僅一時如此，而且要時時地地都如此。要永遠維持你一貫的情操，永遠保全你純眞的美。譬如你的理想要作個正眞的角色，平日口裏所說的是道德仁義的話，向人表示的莊嚴自持的行爲，可是一轉身便陰險作惡，一不當人便卑鄙下流。這時請你想想，請你反省一下，你的行爲是多麽不美，多麽令觀衆刺目。古人說「守身如執玉」，這眞是至理名言。我們應當如何保持這塊玉的光澤，保持他一貫的潔白，使得人人見了這塊玉的光澤起美感，使得玉的本身有美的自覺，而自己整個的生命泯化於「太美」！

我們不僅要守己如玉保持一己的美，並且要使全劇都美，要使自己的美和全劇的美調和而織成一個「大美」。要知道眞正的人生是和諧，不是紛爭。爭鬪有時也許能得到人生的快樂，也許能構成生動的場面，然而那只是緊張生硬的，囂獷不文的；至於鬆快崇高的眞樂趣，却只有在社會的大和諧中才能找到。因此你要時時處處注意你的地位，注意你的關係，要使你的行動與社會相調和，並且要爲它的「大美」而努力。而這個使命的能否完成，就全在你是否發揮了應盡的那份機能。比如你在劇中扮的是楚霸王，你就要好好的去演楚霸王；絕不可見了虞姬的神采美妙，就替虞姬唱起來；而那扮虞姬的也不可越俎代庖的來作楚霸王。惟有扮霸王的將霸王作好，扮虞姬的將虞姬作好，然後這齣戲才能諧和，才能美，你自己也才能談到成功。有時候也許你的才能很高，地位却很低，只充了個配角；但你不要因此便覺屈才而不好好的幹；有時候也許你的心靈高超，看透了社會的一切，但你也不要因此就狹隘的駡着虛僞卑鄙而不屑去作爲。要知道：美是整個的，和諧的；絕不容有刺目不調的東西存在。如果你根本不來演劇倒也罷了，一旦你走上人舞臺，你便要獻身於這大劇，而爲它的美善來行止歌唱；縱使這套東西不値一作，不屑生的去作，然而在你未找到眞實典雅値你來作的以前，你也應先把這套作好再說。假如你竟然不好好去幹，不屑去爲，那就是攪亂了社會的諧和，破壞了全劇的美，而證明了你的修養不够，你的心靈還是不通。

但是要注意，這並非隨俗浮沉，也不是屈服於環境，向遭遇叩頭；而所以要如此的，乃是秉承着崇高的精神來體行「太美」。假如要身處在汚暗的羣衆中，或是遭到橫逆的侵襲，那時你不僅不可和他諧調，並且還要振作不阿，來啓化汚暗，來克服橫逆。因爲在這時你所遇到的環境已經失去了和諧，你若和這失調的相諧調，那便是同流合汚以身濟惡，還有什麼美可言？這時只有「振作不阿」將這失調的滌除糾正，那才是眞的美，才是眞的和諧。所以要唱寧武關，你便要作周遇吉，而與那頑敵拚命，鬬死殉城。你要在白帝城受了托孤，你便要力排險惡，興漢討賊，鞠躬盡瘁，死而後已；絕不可因難廢退見異思遷。你如果被敵人拘困了，就應該執節牧羊，耿耿不變的懷居在北海；要殺你，你就要朗誦着正氣歌，慷慨而就義。假如你被羣小刼持了，你就要尊正不屈，訓完話然後再離開西安。要知道唯有這些驚天地感鬼神的動作，才是最美的行爲，才是最有價值的戲劇；也才是「太美」的生動演出。

總而言之，遇到什麽境況，你就該給他個什麽行動，碰見該喜的，你就應該喜，碰見該怒的，你就應該怒，再遇到該哀的，該樂的，同樣你也要還他一個哀一個樂。你不要自疑這是機械的反應，也不要把它看成矯揉造作的虛僞表情；要知道這正是你所秉承的「太美」，因情、因境而生的不同浪花。浪的姿態雖有萬千，美的流行却屬一事。譬如你聽一支悲淒的曲子，感動得使你唏噓，使你落淚。這時絕不能說你機械或虛僞，你這表現確是發乎眞情的哀戚。不過你雖哀戚落淚，却也就在欣賞音樂，却也就在體會美，但是你却沒有懊惱，沒有沮喪，也沒有得意忘形；你所感到的只是鬆甜慰快，你胸中所有的，只是一團和氣，一個「太美」！

（民國二十七年四月于蒙自南湖——民國五十一年四月載于「新天地」一卷二期）

〔六〕

考試幸運記

幸運是有的——能抓住的却只有肯努力的人

(一)

我的職業是教哲學，社會上便把我歸到哲學這一類，實則我的興趣很廣泛，那一類也是，也不是。有時順手寫些散文之類的文章，便有人認爲我是不務正業，甚至要把我排除於哲學行業之外。我雖根本未想幹那一行，但也不必多製造啼笑皆非的誤解，因此在寫完「烏衣巷與青田街」（參看七十年三月六日中華日報）後，便想「改邪歸正」（？）不再寫零碎的文章，留着時間試行寫點人們看不懂的文章，好擺擺「哲學」的姿態。沒想到正在此刻，忽然接到蔡文甫先生的大函，指名叫我寫點「考試經驗談」。一者蔡先生的盛情難却，不好推辭。二者蔡先生的段數高，這一題目，正抓到我的癢處，眞想一吐爲快。於是也就不避「其爲士者笑之」，而再作馮婦了。

（二）

在科舉時代，有道是：「一命二運三風水，四積陰功五讀書」。那也就是說考中考不中，爲學讀書只佔很少的成份，主要是靠運氣。這當然是誇張不實的話；但考試之有幸與不幸，確乎是眞有其事。我自己便有親身的經驗。尤其我還是叨沾其幸，而不是誣指別人來掩飾自己。我自小到大，所經考試不計其數，眞可說是身經百戰；除了一次投考軍校未考中外（那還是遭身體檢查，而非正式考試），全都是戰必取，攻必克，從來沒有報過第二次名。若拿當前的情形來比，就是根本未塡過第二志願。但是我從來沒有誇嘴自滿，因爲我深深知道，我所以有此輝煌戰績，實在是因爲考運好。若是考神轉向，我也是一樣沒有辦法。假如讀者不信，認爲我是自我陶醉，純屬迷信之談，就請看看我的報告。下面我便依照時間先後，把幾次重要考試的情況，一一從實招來。

（三）

首先且說「國文觀摩會」的考試。那是民國十九年冬天的事。那時中原大戰結束，閻馮失敗，張學良入關，進駐北平；榮任「全國陸海空軍副總司令」（總司令便是　蔣公）。爲了倡導文化，由北平市的教育局舉辦「國文觀摩會」。考試的對象是全市各校的初中三年級。因爲那時有些中學未設高中，還有些中學是採四二制，根本沒有高中；這三年級便是各中學的共同最高年級了。全市五十四所中學，按照人數，每四人選派一人參加。我那時在市立二中就讀，正是三年級。甲乙兩班，學校一共挑了十四個人去，我就是這十四人中的一個。

當時主持其事的，是教育局長王捷俠。王是青年黨，當時稱爲「國家主義派」，思想比較保守，宣稱要考文言文。我們二中三年級的學生，過去兩年四學期中，有三個學期教我們國文的是于賡虞先生，他不僅專講白話文，並且是有名的新詩人；可憐我們那裏會作文言文。聽說要考文言文，現找了些古文來惡補，到時候只有硬着頭皮考就是了。

這國文觀摩會是史無前例的創舉。怎麽考？誰也不知道。進場後才知道要考兩節；頭一節先考作文，第二節還要筆試答題，兩門平均算分。作文的題目是：「勿曲學以阿世」，並註明出於漢書轅固傳。此題一出，考生們面面相覷，大概沒有一個人能懂，連句子都念不上來。我當時眞想交上白卷，退席回家。幸經監試人員，把題目詳加解釋，羣情才算安定下來，我也只好跟着大家乖乖的作。

作完文，第二節開始，題目發下來後，是考國學常識。這一下我的運氣來了，原來在那個時代，講國文的方式非常死板，都是照着文章一句一段的講課文；頂多講講作者的生平、文章的格調而已，從無泛講國學概論的。因此絕大多數的中學生，文章可能作的很好，甚至會作詩塡詞，但提到國學常識，却幾乎是一片空白。正唯如此，就叫我碰到一樁幸運的奇遇。

觀摩會的考試，是在星期天的早晨舉行。恰好頭一天星期六上午第四堂（下午無課）是國文。上了堂後老師李季和先生，不知那裏來的靈感，忽然對同學說：「班上有些同學明天參加觀摩會；今天不講正課了，講點一般常識，供他們參考。」於是便一一告訴我們，什麼是三傳，什麼是四史、十三經、九通……等。這都是我們以前聞所未聞的。我就專心的聽，並用筆記記下來；寫不及的，還請老師再說一遍補全。回家後晚上又複習一遍，第二天早晨出門赴考場時，不知爲什麼又神差鬼使的再看了一遍。等到常識試題發下後，哇，除了一題問「什麼叫藝術」我不知道以外，所有的題目都是李老師昨天講的。因此我一考就考了個七十九分（據說是常識卷的最高分），與作文一平均，我就「高中」（？）了全場的第七名，榮獲了「陸海空軍副總司令張學良」頒授的一枚銀質五角獎章。這一獎章我一直保存到今天，就在寫到這段文章時，我還取出來，摸挲了一番。

（四）

北平有一個北京大學，通稱北大。另外還有一個大學叫北平大學，簡稱平大，是由七個獨立學院聯合起來的，與北大可說是毫無關係。民國二十年夏天，我們初中畢業，正趕上北平大學要創辦一個「北平大學附屬高級中學」，一以作幾個學院的共同聯繫，一以恢復以前大學設預科的聲勢。由於背景不平凡，氣派便非常偉大；還未成立便已先聲奪人。投考人數之多，在北平縱非空前也是少有。因此考場乃借用民初參議院、衆議院的國會議場舉行。我當然也在報考的行列。那天進了試場，坐在議員的位子中，放眼四觀，全是前所未見的景象，與一個中學的考場，迥然不同。等試題發下來後，更是門門艱深，絕非一般初中程度所能答。別的不說，單講英文吧。試題全是用英文出，除了中翻英以外，沒有一個中文字。主考人員還特別聲明不講題，除字跡不清外，一概不許問。試想在民國二十年的時候，一個初中學生，怎麽看得懂英文題？中翻英、作文，當然可以懂。塡字、造句，看樣子也能猜得到。但是另有兩大題，便完全沒辦法了，不僅上面的題意一字不懂，下面列的兩大段英文，也盡是生字。心想這不是要交白卷麽？轉念一想，與其徹底空白，不如把原題照寫在卷子上，萬一要碰到好心的閱卷老師送一兩分同情分哩，豈不比空白好些？於是就恭恭整整的抄錄在卷上了。——後來才知道那兩題的題意、一個是要大寫，一個是加標點，而我在抄錄時，本着平素的習慣，很自然的就該標點的標點，該大寫的大寫了；於是這兩題我竟得了滿分。

（五）

我們高中畢業是民國二十三年，正趕上北平舉行第一次會考（本定前一年舉行，因長城抗戰，情勢緊張，臨時取消），北平公認是全國文化的中心，又是第一次舉行，觀瞻所在，考的非常嚴，題目尤其出得要比其他地區高。還記得生物是考的孟德爾定律等大題。我們高中生物老師是齊備蓮先生（現任淡江大學的夜間部主任），教的非常好，因此答得毫不吃力。歷史有一題是考國際聯盟的組織，地理有一題是考英國在新加坡設防的問題——這些都是課本上沒有的。好在那時熱心國事，對這些問題平素都很留心，還能勉強答得上來。最難的是數學題，幾何、代數、三角、解析幾何，一律都考，並且還有一題是根本未學過的。幸得我臨陣不慌，把這不會的，留在最後慢慢的試着來，結果三證兩證，居然被我作出來了，眞是高興極了。

會考放榜，北平那麽多學生，全部及格、列爲甲等的，才七十幾個人，而我也竟徼倖列名其中。

（六）

我大學是考的北大，考北大當然不是件簡單的事。直到抗戰前夕北大的考生，照例都用不着看榜。只要考上了，北大的校工就立卽拿着入學通知書，到家「報喜」；然後領了喜錢回去，這就足見一斑了——但是考試的情緒，却遠沒有今天聯考的緊張。尤其考前那種不眠不休的衝刺拚命，從前聽都沒聽說過。就拿我說吧。我只知道有投考北大這件事而已，到時候拿着筆去考就是了。頭一天的下午，我還騎着車到朋友家下圍棋呢。同時我還有自我解嘲的說法：我也不知道要考什麽；準備，從那裏準備起嗎；（按：這倒是眞話，那時各大學考試各隨己意出題，不受任何限制。淸華大學有一次還出對對子呢，這也就正是從前考試不緊張，不需要惡補的原因。）

幸運的事是這樣發生的。北平很少下連陰雨，偏巧考前下了一個多星期的連陰雨。這對在北平住慣了的人，很不習慣。出又出不去，心裏好煩，順手拿過一本英文納氏文法第四册翻翻看。其中好幾十頁講成語、片語的，看着很好玩，就用心記了記。沒想到英文試題發下來後，除了作文和翻譯以外，全考的是這些。你想，那我還能考得不好麽？這眞是無心揷柳柳成蔭了。

(七)

一連串的考場勝利，全都是託天之福，因此我雖戰無不勝，攻無不取，却從不敢自我炫耀吹噓。但有一件使我得意，常常自吹的，就是我北大入學考試，數學是滿分[1]。得意的要點不在分數，而在那時的考試行情。

「九一八」後，國人痛感我不如敵，癥在科學，於是有志青年紛紛研習理工，獻身科學以報國；只有數理化不及格的學生才研習文史；再要等而下之，英文不會，國文不通的學生才考法學院(卽現在聯考的丁組)。而在法學院中法律系要講習條文，經濟系要演算會計，都得用功，只有政治系最好混。因此那時提到投考政治系，都是不太光彩的事；而我考的就正是這一系。現在入學考試數學是滿分，足證我不是數理化不及格淘汰下來的，爲自己爭了一口氣。

另外有一件事此處順便提一下的，就是我投考中央軍校不中的事，這是我平生考試唯一失敗的一次。不過是因體檢淘汰，假如是筆試，縱令只取一人，我都有信心。

那是民國二十三年投考軍校十一期的事，九一八後報考軍校的青年非常踴躍，第一天開始報名，我們同班三好友便去報名。兩千多報考的，而我們報在前二十名。後來那位從長江頭打到怒江尾的張長有，報的是十九號；我報的二十號，陳伯年二十一號。只因這一順序，便冥冥中決定了我們三個人的命運。那時取錄非常嚴格，近視眼一律不取。我們三個人都近視，並且近視的度數都一樣。而命運捉弄人，我與陳伯年慘遭淘汰，張長有却高中了。當張檢查完目力填紀錄時，恰好有位醫官進來有事，原來他是我們學校的校醫，他一看張是本校的學生要從軍，便吩咐護士小姐高抬貴手。我從來沒到醫務室去過，不認識，當然沒得說了。陳伯年跟他很熟，但等陳檢查完去填表時，那位醫官走了，命運就是這樣捉弄人。假如我當年只要到校醫室去過一次，這四、五十年的生命史，將重寫。眞是失之毫釐，差之千里了。

（八）

寫到這裏忽然感到惶恐不安。年長的朋友看了上面的故事，一笑置之，甚或罵我是倖勝，那倒沒關係。假如年輕朋友萬一心想：「原來考試是要憑運氣」，因此鬆懈了用功努力的精神，那我就誤人子弟，罪過不輕了。因此我要鄭重其事的奉告青年朋友，「幸運是有的，能抓住的却只有肯努力的人」。就拿上述考觀摩會的事來說，我們全校十四個去考的，都碰到了同一的幸運；但是他們却當耳旁風吹過，除了我以外，十三個人根本都未上榜。再拿考高中、考會考的幸運來說，那還不是由我拚命到底，在沒辦法中，仍要試圖盡其在我，然後才碰到那好運。假如心灰意懶，早早投降算了，還有談的麽？西諺說「天助自助者」，我虔誠的奉請青年朋友，要想天助，且先努力自助。

（原載民國七十年九月十四日中華日報）

附註

㊟那時北大入學考試共考五門，「黨義」一門不計分，實際等於考四門。理學院考的是英文、數學，各佔三百分。國文、理化，各佔兩百分，共計一千分。文法學院則是：英文四百，國文三百分，史地、數學各佔一百五十分，而我的數學就是一百五十分。

臘八壽梁記

今年元月十三日是陰曆的臘月初八。按照北平的習俗，這天吃臘八粥。梁實秋先生，正是這天生日，因此就請梁先生和三數知好，早晨來舍下，品粥渡節，並賀梁壽。沒想到這件事竟引起了許多沒想到的意義與發展。

頭一天我到師大上課，「林綠」教授問我：「你明天請梁先生吃臘八粥嗎?」「你怎麽知道?」「報上登的有嗎!」「這是誰發的消息。」我心中在納悶。晚上回到家裏，又接到田大使寶俗兄的電話，問：有沒有設壽堂，有沒有什麽特殊安排，他需不需要帶些什麽東西——這一連串的話，簡直把我問毛了。我只知道臘八是梁先生的生日，並且今年還是八十大壽。可是我却毫沒有想到這頭來，眞是腦筋簡單。

第二天粥會開始，參加的客人陸續光臨。陳紀瀅先生一進來就問我有沒有照相機；我說，幹什麽？他說今天這聚會是個歷史鏡頭，我們不能不留影以誌念——這才使我這腦筋簡單的人感到問題的莊嚴、意義的重大。而更沒料到的是，在吃粥時，蔡文甫先生又提出「八仙祝壽」的花樣，表面上把我們封成八仙演一齣祝壽；骨子裏則是：「你們都乖乖的給我寫文章。」沒想到，搬磚竟然砸了自己的脚，請客還請出了問題。那也只好認命，寫吧。不過我也不是好惹的，我研習老子之道多年，講的是因勢利導，轉敗爲勝。因此我就利用蔡先生這一命令，說一說吃粥慶壽的原委，表一表我對梁先生的感謝。下面且聽我慢慢道來。

我出生在北平，是在北平的文化氣氛中培養成長的。因此我雖是湖北人，而生活習慣，却全是北平的方式；連帶着像吃臘八粥這些節目，每年都照過不誤。有一天跟夏元瑜先生談起，咱們這些「老北平」（按：「北平人」一詞，文化的意味重於地理的意味）眞應該常在一塊聚聚，聊聊京華往事，也算是過一下故都春夢，豈不好嗎？於是我就提出一個具體意見，不管如何，大家今年先到舍下喝碗臘八粥吧；尤其梁實秋先生正是臘八的生日，我去年還專誠給他送粥去哩，今年咱們就請他老人家移玉就粥，光臨舍間，也就算大家給他拜個早壽。夏先生熱烈贊成，我就跑到梁先生那裏報告，總算承梁先生含笑批准。不過說了句：「還沒到重陽呢就先約臘八，眞有點太早吧！」「您是忙人兒，不早約好，怕您有別的計畫啊！」至於約那些位參加呢，不要說梁先生相識遍天下，就是區區，認識的人也不少啊。因此就決定以眞正老北平，能說京片子的爲準。應駿明教授說得好，「不懂得什麽叫『喝哦兒勒着』的（北平土話，有音無字），咱們不請他。

」因此我那請柬也用的是地道的京片子來耍的貧嘴。若不是北平土生土長的，就算懂得意思，也領會不到那個味兒。

沒想到這一安排，竟然出了問題。例如張佛千先生便打電話抗議：「你怎麽不請我？」比張先生抗議更切實有效的，就是蔡文甫先生。他單刀赴會，當場切入，反客爲主成了最有力的當然委員。這麽一來，以北平爲限的制度便被推翻了。樊籬既撤，人數自多，來個衆樂多樂，皆大歡喜，那多麽好。可惜舍下房屋狹小，鍋也不大，因此今年除了壽星老，和原始發起人蓋仙夏公外，餘人皆以去年未吃者爲優先。唯一蟬聯貫繼的，便是那位無法抗拒的蔡文甫主編先生。此公志不在粥。一就座，便稱讚是十全十美。再一編組，十人中去了壽星老和他自己，便是八人；進一步一分析這八人是女一男七，正合八仙之制。何況本來就有一位蓋「仙」。於是馬上下令，先封仙位，然後每人寫文一篇，限期交卷，合演「八仙祝壽」之戲，不得有誤。並將八人排列梁先生兩側，拍照存證，誰也別跑。我一看情形不妙，乾脆、漂亮點，首先擁護，願意效勞。不過也提了一個小小要求。梁先生對我有恩有德，我是一介土豹子，今天說句肉麻的話，也算是名聞國際了；而這由「土」到「洋」，全是由梁先生指點鼓勵而來。這一番情意，一直放在心中，我可否藉機把這段話寫出，以代替「福如東海壽比南山」式的祝辭，你看好不好？」蔡主編馬上批准。「那麽，梁先生不僅是壽星，還是你的恩公了，豈不更好，你就趕快一一從實招來吧！」

話要從我進師大談起。那時的國文系主任某公，我們素無瓜葛（如其有的話，那他是我叔祖的學生），不知爲何竟對我非常討厭。基督教有所謂「原罪」說，大概我對他一定是有「原罪」吧。他對我百般刁難，肆意打擊。後來才知道梁先生還看我沒有「原罪」，而梁先生又正是文學院長——他的頂頭「上司」，這才「化敵爲友」，慢慢撤銷打擊。不過這個「爲」的字展出時序並不短，直到我從美國華盛頓大學教書回來才完成——這段時間，假如不是梁先生維護，我可能根本進不了國文系。

不僅消極的維護，還積極的鼓勵，那時我家在臺中，寒假時我照例回臺中住。有一天接到梁先生的信，叫我用通俗的筆調寫一本介紹老子的書，以十萬字爲度，期限半年。我當時也沒深入的了解，叫我寫，我就寫是了。後來才知道，梁先生是要替協志社計畫一套書，孔、孟、老、莊、佛陀各一本，想效勞的人很多，而梁先生却只選定了杜呈祥寫孔子，和我寫老子。別人他還看不上眼，寧缺勿濫。其他三本，還一直沒定人。這眞有點使我受寵若驚。當我寫好拿去時，梁先生還誇獎了誇獎。我誠摯的說，這書我也未旁徵博引，不過把自己的意見瞎寫寫而已。梁先生正色的道：「起鈞，你把我當外行啊，吃桑葉、吐桑葉算什麽本事，要能吐絲才行啊！」——這話在鼓勵中而有知音之感；二十五年來永銘心版，未嘗或忘。

最使我感激的，是梁先生一言，而改變了我後半生的命運。暑假中一天，晚飯後無事，到雲和街梁先生的府上去看候。梁先生說美國方面要請幾個人去講東方的學問，你看到這個消息沒有？我說看到了，但是他們是要用英文講，我既未留過學，平常又不跟外國人來往，沒講過英語，那怎麽行。梁先生仍鼓勵的說：你不妨試試嗎？你的英文也還不錯嗎？我說看看書，甚至寫點東西，還勉强對付，講，則「吾斯之未能信」——於是就閒聊其他的話了。後來又有客人來，我告辭回去，梁先生送我到大門。關門時，梁先生又說：「居浩然你認得不認得？」「認得啊。」「就是他管這事兒，你去跟他談談。」——梁先生後面這兩句話，雖是輕輕而談，却對我發生了無比的震撼力量。我是孤兒奮鬪出身的，深知「天助自助者」之義，人家對你一再關切鼓舞，難倒你自己反而淡然不顧，無動於衷嗎？

於是第二天一清早，就跑去和張翰書商量。我們都是北大畢業的，北大的學生多半都是土土的。那時知好問深通洋務的，只有田寶岱、葉曼夫婦。於是張翰書就陪着我到田府去請教。寶岱兄不在家，葉曼斷然的說，當然去，並說了一句英文：「No harm to you」。更妙的是，轉過頭來就叫她女兒：「英英，看看你什麽時間有空，給張伯伯補習會話。」於是我就這樣「打着鴨子上了架」了。辦手續時，又要寫計畫又要塡表格；可憐，中文的表格有時還不知怎麽塡呢，何況是洋的。都承寶岱兄一邊塡還一邊敎，一直替我塡寫到深夜——而我也就這樣敎書敎到了外國。今天連英國出版的名人錄，還載錄我的名字，飲水思源，不都是來自梁先生的鼓勵麽？這種恩情又那裏是一碗臘八粥能報的；同時我也感謝蔡先生給了我這機會，把這段存在心裏的話，一吐爲快。

（七十年二月十六日台北中華日報）

學人風趣

中副前刊各國幽默故事，頗受歡迎。查「幽默」一辭，語出西譯。我國「風趣」二字約略當之。文人相與，玄思詩意，每能妙語解頤。殆所謂活的幽默故事也。唯其言類皆觸景而發，因情得趣，及乎時移境易，則茫乎難體其妙矣。雖然，今姑就記憶所及，擇其簡而易述者，試記數則，以存風雅，未知能博讀者一粲否也？

（上）永雋

文學家熊式一先生，經常往返於臺港之間；有時來臺就住在舍下。一天我正午睡，張翰書教授來電話，熊先生接答。張先生是我同班同學，對我家每個人的聲音都很熟悉，現在聽着不對，怕是打錯了。便問：「您是張宅嗎？」——「是。」——「您是××××號嗎？」——「是。」——「那，您是哪位啊？」——熊先生就笑着說：「我是張教授的秘書。」這一下張先生聽明白了，哈哈的笑着說：「噢！原來是老師（張稱熊爲老師）啊！怎麽聽不出來呢？」——「給人當秘書，當然聲音要小點兒啊。」

* * *

又一次也是我在午睡。侯璠教授打電話來。熊先生剛拿起聽筒，侯先生就一如往常的說：「叫你爸爸來聽電話！」——熊先生很自然的答道：「對不起，家父已經死了好幾十年了，不能接電話了。」——「對不起，打錯了。」——「您沒錯。」——「沒錯？」——「唉，沒錯。您找誰？」——「我找張教授。」——「這裏是張教授。」於是侯先生也弄明白了。「哎呀，熊先生啊！甚麽時候來的？您好風趣啊。」

* * *

侯璠教授喜歡下圍棋，而下的不高明。常說他的棋比吳清源林海峯好的地方，就是「快」而已。一天林海峯坂田名人棋賽過後，他來我家，進門後就鄭重其事的對着孩子們說：「坂田他們的棋太爛了，兩天才贏三目棋……。」孩子們怔怔的聽着，以爲侯伯伯下面會有高論，那知聽到的乃是：「……我跟你爸爸，我們一會兒就贏幾十目。」

* * *

有一天，大家在外面吃飯。侯璠教授夾了一塊肉。正在夾時，陳光棣教授在旁正色問道：「

侯先生，您不是吃素嗎？」侯先生面不改色的道：「在家裏。」

* * *

前些年臺灣的快車班次還少。某日，我因時間關係搭乘慢車回臺中（那時我家住臺中）。陳光棣兄問我搭那趟車來的，我說某某次。陳說：「怎麽不坐快車？」我說：「咱們不坐那個。」——「怎麽？」——「錢花的又多，坐的時候又少。」

（下）解紛

東海大學某教授，一天夫婦吵嘴，他夫人氣急了，說道：「你把老子怎麽樣？」說時遲，那時快，某教授立刻改容嘻笑的說道：「你這個作老子的，給我娶個媳婦好不好？」那場架當然也就再吵不下去了。

* * *

前些年臺灣裝冷氣的還不多。有些朋友看見我又辦雜誌，又到美國教書掙美金，把我估計過高，以爲我是「高等華人」呢。一天有位同事在教員休息室裏閒談，問我：「你家裏有沒有冷氣？」問的我啼笑皆非，使我無從說起。於是我便毫不遲疑的答道：「有啊！多天。」

* * *

有一次，我在坎城（Kansas City）出席密蘇里州哲學年會。晚宴時，華盛頓大學的研究院長韓六一（Lewis Hahn）博士向鄰座的人士介紹我是「道亦斯穆」（Taoism 此字道家道教混而不分，無法譯成中文）的專家。大家便來向我問詢。我說中國並無「道亦斯穆」一辭，我們只有「道家」和「道教」，而這兩者是絕然不同的。他們聽了很奇怪，便問怎麽不同。請問面對着這些對東方一無所知的學究們，我怎麽回答，尤其是在筵席上。因此就搪塞的重複了一句：「是絕然不同的」。但他們也重複的追問「怎麽不同？」於是我只好說：「就像狗與熱狗一樣的不同。」他們聽了哈哈大笑，直到會閉賦歸，還一直說我幽默。

* * *

我在華盛頓大學教書時，曾代表我們中央圖書館致送華大二十四史和中華叢書各一套。華大於二月中（民國四十九年）正式舉行贈書典禮，並由我作五分鐘的簡短致辭。典禮的前夕，哲學系的同事恰好碰在一起，大家紛紛向我說：明天一定前來參加觀禮。我正在一路「謝謝你」的聲中，那位與我最要好的高我思（Samuel Coval）教授突然問我：「康思談諦（我的英文名字Constant，西人彼此熟悉的都直呼名而不稱姓），你甚麽時候致辭？」——「四點正。」——「那我四點半來。」我知道他是在開玩笑。也就不動聲色，照樣的接着說：「謝謝你，你不在場，我會更有勇氣。」(Thank you, I will have more bravery, without your attending)

（五十七年九月三日中央日報）

儒林往事

辜鴻銘妙講英詩

在五四的時候，北大聲光萬丈，成爲一切新思潮、新事務的源泉。就在這新潮殿堂却經常出現一位拖着長辮子，穿着得古裏古怪的老頭子，原來他也是一位教授。看他這份打扮，想來不是教鐘鼎甲骨，也一定是教考古人類之流的了。才不是呢，他教英文，並且是有深度的「英國詩」。這位老頭便是大名鼎鼎的辜鴻銘。

你別看他土頭土腦的土相，他九歲就到英國，學成後才回國，中文倒反而是後念的。他英文之好，造詣之深，外國學者無不佩服。有一次他在六國飯店（地在東交民巷內）用英文講演，講題是「中華民族的精神」（但他自譯爲「春秋大義」）。中國人講演從來沒有收錢的，而他賣票。那時梅蘭芳的戲票，最高價格不過一元二角，而他的講票却是大洋二元，用不着推紅票，一搶而空。

他講詩，不要說講了，就只一念，便傳神到家，使人感受不盡，就好像懂了。他把英國詩分爲三類：國風、小雅、大雅。而國風中又分爲蘇格蘭、威爾斯……等七國國風。尤妙的是他那教英詩的旨趣。他說：「文以載道」，我們中國最懂作人之道，詩又特別發達，爲什麽還要念英詩呢？那就是要你們學好英文之後，把我們中國的作人之道，溫柔敦厚的詩教，去曉諭那些蠻夷去。

（六十九年九月十四日聯合報）

老舍巧佈夜壺陣

老舍最成功的著作，當然就是那本「駱駝祥子」。但是我懷疑有多少人眞能百分之百的欣賞他這著作的妙處。因爲你若不能了解北平古老（而非現代）下層社會的情形，便無從體會老舍把那下層人物刻劃得那樣深刻入微，恰如其分。每一個動作，每一句話都使人感到如見其人，如聞其聲。這些都不要說了；就拿主人翁這名字來說吧；我想至少英文譯本的譯者，也就認爲只是個專名詞而已；頂多說明一下「駱駝」是人家叫他的外號。但在我們這些深於北平行情的人，一看「駱駝祥子」這四個字就會感知到：他是一個沒落的旗人（漢人沒有叫「祥子」的，旗人如上大學，在上層社會作事，也不會叫祥子），個子大大傻傻的。像這些意味，一般讀者怎能體會得到？

那麽老舍怎麽會如此體貼入微呢？這就涉及到一個很多人不知道的秘密了。據老舍北京師範學校的同班老同學告訴作者說：舒舍予（老舍的名字）家境寒微，他爸爸就是拉洋車的。他姓舒很可能就是旗人。自古說英雄不論出身低，老舍地下有知，當不會駡我洩他的底吧？不過另外一個人所不知的老底我却要洩一洩。——老舍他們是北京師範創校第一班的學生，一班六十人，除了永考第一的楊雲竹、少年老成的段喆人幾個外，無不跳皮淘氣，並且還專與老師搗蛋。而老舍便是其中的領袖人物。玩笑開的最大的一次，幾乎弄得全體開除學校要關門。

北方冬天酷寒，那時又無暖氣，因此男士都有「夜壺」；夜晚可以拿在被褥中小解，解畢放於地下。北師的老師人各一具，早晨由工友取出洗淨置於廁所，晚間依次送到老師房裏。有天某老師夜間小解，突然感覺不對，怎麼被褥濕了？原來夜壺底下破了一個洞，只好自歎晦氣。一夜沒睡好，第二天一早去晒被褥。不想「德不孤必有鄰」，另外也有一位老師來晒被褥，正在交換情報，各位老師紛紛抱被而來，無一倖免。這才恍然大悟：原來是這些小鬼們「有事弟子服其勞」的傑作。師長們一致震怒，非要把爲首的學生開除不可。而這六十人竟然一致守口如瓶，絕不透露口風出賣朋友。學校氣得把全體開除，仍然無結果。後來老師們氣也漸漸消了，才由人轉寰，把這六十人再接回學校來。多少年後，微聞這幕精采的喜劇，正是老舍得意的策劃。

（六十九年八月六日聯合報）

梁實秋午夜怪電話

近來國內國外都掀起了重溫三十年代文藝的高潮，梁實秋先生不僅是那時名滿天下的大將，而且也是五十年來盛名始終不衰的唯一人物，眞可說是國寶了。在大家認眞探討三十年代的問題時，筆者且來講一段令人啼笑皆非的小故事，給大家湊湊趣。

梁先生那時在上海辦「新月」，與左傾的作家們打筆仗。梁先生大筆流暢，學術又有根柢，那些人怎麽是對手？在氣得一籌莫展時，便打歪主意。有一天正値隆多酷寒的深夜時，梁先生的電話響了。梁先生的臥室在樓上，電話在樓下；心想怎麽夜裏兩點多鐘了，還有人打電話，一定是有要緊的事了。可是在此隆多深夜爬出被窩兒到樓下去接電話，那個罪怎麽受？權且賴在被窩兒裏吧！不想，電話一直響個不停，只好咬着牙，披着皮袍子下樓去接。拿起聽筒，那邊問了，「你是梁實秋嗎？」「是我。」那邊馬上狠狠的說：「你，王×蛋！」風趣的梁先生知道這是遞降表了。不過這個受降的代價，却也眞够受，直冷得打哆嗦了半小時。

在臺灣也有過一次怪電話，雖也是盛名之累，却別是一番情調了。好像還是在雲和街住的時候。那時市區外的電話還不能直撥，有一天來了個新竹長途電話。梁先生納悶：新竹，誰給我來長途電話呀？話接通後，那邊一個上海口音的人，理直氣壯的說：「叫李科長來！」這裏是梁宅，那裏有什麽「李科長」？後來弄明白了，原來那位上海人叫的是「糧食局」，接線小姐只會國語，那懂蘇白？想來是中學念英文時編課本的那位教授「梁實秋」了，馬上服務到家，接給梁先生。

（七十年三月二十一日聯合報）

魯迅不罵孫伏園

二十九年春，孫伏園到昆明住在法國教授邵可侶先生家裏。因爲他和邵先生是把兄弟。一天晚上，葉公超、吳宓和筆者一齊從邵先生家看孫伏園出來，大家邊走邊談。葉先生說：魯迅誰都罵，就是不罵孫伏園。魯迅爲什麼不罵孫？除了他自己外，恐怕誰也不知道。不過下面兩件事，我想總該是最主要的原因吧！

魯迅雖然名氣很大，可是出道却比孫伏園晚。魯迅成名之作就是那本散文集「吶喊」。而這些文章諸如「狂人日記」、「阿Q正傳」……等，幾乎全是在「晨報副刊」陸續發表的。而孫氏正是那時晨報副刊的編輯，有抬舉魯迅，使之成名的功勞，還怎能恩將仇報？

尤其孫氏爲人圓和週到，到了晚年（以現在的標準應該算是中年）更是使人感到慈祥可親。他後來參加定縣的「平民教育促進會」。抗戰時，平教會搬到貴州的定番。會中人員住在一起，宛如一個大家庭。那些年輕的後輩，都管孫氏叫「媽媽」。女士們結婚生了孩子，就管他叫「外婆」。我第一次跟他到定番。只見一羣孩子圍上來叫「外婆」。我怔了，望眼四看，這裏並沒有老太太呀？原來「外婆」，就叫的是他，試問對一個慈祥如外婆的，你還好意思罵嗎？

（七十年三月二十一日聯合報）

熊式一辛酸穿長袍

熊式一旅居海外四十餘年，不論走到那裏都穿着一襲長袍，不知道的總以爲熊先生是在賣關子，故弄玄虛。知道內幕的，便知道其中還有一段辛酸奮鬪史。

熊先生當年到英國去，那眞是地道的「青年才俊」，他的名著「王寶川」(Lady Precius Stream)（按是「川」而不是「釧」，因爲全劇的故事，經熊氏改編，以適合西洋人的口味！名字也將釧改爲川，有其英文劇本自知。不要以爲熊先生沒在北平看過戲連釧川都看不淸）寫成後，試想那個書局肯給這位東方少年人出書。尤其英國老牌帝國主義，驕傲非凡，那裏看得起你一個東方毛頭小子，後來經人推薦總算出書了。但劇本與小說不同，是要演的，而不是看的，而這書出後竟是沒有人演。

總算天無絕人之路，有一家生意潦倒的戲院老板、在無可奈何中，想打出一手絕招，來作起死回生的奮鬪。這才選定了這個東方人寫的東方劇本來碰碰運氣。於是重金禮聘名角隆重排演，由於他們對東方的事務幾乎一無所知，因此這導演一席就勢必請編劇人，熊先生親自擔任了。熊先生眼看着自已的劇本能够終於上演，當然非常高興。那知一天導演下來，將要下班回家時，那飾演王寶川的女主角甩起大牌的脾氣，向老板說：「我明天不來了，你另請高明」。臨場抽腿，眞是重重的將了一軍。老板在欲罷不能之下，只好漏夜接頭另請名手接充。不料到了第二天下班時？這個新請的女主角，又照方抓藥，同樣的玩了那麽一手。老板又只好再滿處去挖角，這樣竟然是一連四天如出一轍，眞把老板弄得走投無路，痛苦萬分。乃向熊先生說：「這些情形，你都看到了，明天我們再試一次，假如這第五位女主角，仍然不作時，我們只好停演了，你也不能怪我」。

原來那時正是三十年代，二次世界大戰之前。英國人還承維多利亞時代的驕風，心目中根本把東方人看成低等民族。再就儀表講，穿西裝要人高馬大挺胸亮格，才是樣；所謂要有騎士的風格。而熊先生則身材纖小是一副地到東方才子的型態，那幾位大牌女演員，面對着這樣一個導演，實在覺得有點委曲。所以寧可不掙這份錢，也不屈自己的尊。她們倒是高風雅緻了，試問那位遠在異國孤立無援的東方少年，怎麽辦？何況還是一而再，再而三、四。若不是熊先生沉着鎮定，恐怕聽到老板的打算，眞會昏過去。

正在熊先生煩悶的時候，有一位高人問熊氏道：「你有沒有中國的長袍子」？熊先生說「箱子裏帶的有一件」。高人說「當年李鴻章來英國朝服長褂，好不威風；大家看了無不肅然起敬。你明天導演時，穿長袍試試看」。熊先生無可如何之下只有照計而行，這一招果然意外成功。女主角不走了，壓住場了。等到排演出場，竟是轟動英倫，一連兩年多沒有下園子。英國朝野名流，無不前往觀劇與熊論交。現任的英女王，當時還是少女，熊氏便曾一手牽着自己的女兒，一手牽着這未來的女王入場觀劇。

從此熊先生便一襲長袍遊遍天涯了。

陳榮捷當場遇知音

在美國教中國哲學的，恐怕陳榮捷要算是巨擘了。陳氏是廣東人，所以他的英文名字譯爲Wing-tsit Chan。他是哈佛的博士，本來在嶺南大學教書。抗戰發生後，避地東遊，從此就在美國的各大學講授中國哲學，一直到今天。他除了一般的著述外，最大的貢獻是，將整部整部的中國哲學名著翻成英文。其中 The Source Book of Chinese Philosophy 一書，港譯「中國哲學材料書」，筆者則譯爲「英文中華學案」，那簡直是一大部中國哲學名著的英譯文庫，工力之銳，眞是嘆爲觀止。

一九六六年時，陳氏在達默斯學院（Dartmouth College）主持華學的研究。那時筆者正在南伊利諾大學講學，陳氏約請前往講演，並指定講述有關道家哲學的問題。提起達默斯學院，恐怕國人知道的不太多。實則這所學校，不僅是美國有名的七長春藤大學之一，並且是一所十足的富人學校。不僅美國許多資本家如洛克斐勒等在此求學畢業，就是日本的三井也是此校畢業。就在筆者講演的那個時期，校方所知，學生中已及身成爲百萬富翁的，（不待父死得遺產，而本人已致富的）即高達五十餘人，眞可說是資本家的大本營了。

筆者那天講的是「道家與道教」，在講演中他偶然談到，最近一版的大英百科全書中，「道伊斯默」(Taoism)一條下說：中國文化中任何方面，都擺脫不了道的影響，甚至連烹調品茗等事都在內。這是非常正確的。沒想到西方學者中，竟有觀察這樣入骨深刻的，言下大為稱讚。沒想到等筆者講完，陳榮捷先生以主席身份作結論時，宣佈這一條，正是他寫的，一時主客欣然成為佳話。

黃膺白一計安天下

當年黃郛北上主持華北政務委員會，簡直是事敵求榮的漢奸姿態，當時許多熱血青年，眞是恨不能食其肉，而寢其皮。不料他死後，深明內幕領導輿論的大公報，竟著論，備致哀悼，譽爲「國士無雙」，一時使人如墮五里霧中，後來筆者從極權威的來源，才洞悉下列一段事實。

當年九一八後，蔣委員長面臨一個無法解決的死結。我們不準備而與日本作戰，那簡直是找死，自速滅亡，正中日本下懷。但要準備，日本那樣兇狠精明，那裏會等着你磨刀去殺他，（只有美國和宋襄公才這樣）。於是蔣公便與他的拜把兄弟黃郛密商。黃氏眞不愧爲日本通，他深知日本人缺乏大氣魄而好佔小便宜，針對這一特性，他提出「建立親日政權」的決策。

決策後，黃氏卽在滬濱裝出一派失意政客，蓄意造反的姿態，而以他的關係背景，等待日本人上鈎。果不出所料，日本認爲黃氏是最合理想，領導漢奸的頭子。於是支持黃氏，在上海開門納客，密謀蠢動。一時殷汝耕，殷同……等奔走日本路線，背義求榮之士，盡出黃氏門下。等到適當時機，一一派出，充當漢奸，爲天皇和軍部效力，而到最重要的關頭，黃氏親自出馬亮相，主持華北政委會來伺候日本人。而日本人也就在黃氏贊助下，處處順利得手，時時都有收獲，今天成立冀東自治政府，明天冀察政治特殊化，後天迫使中央軍撤離華北……那知正在躊躇滿志，陶醉勝利中，忽然發現蔣介石已經整軍經武，準備得有了規模了。這才發現上了當，而認爲非立即動手不可了。所以他們才高呼「時乎不再」，而終於發生「二二六事件」打死首相犬養毅，而於七月發動全面戰爭。

黃氏以這樣高度的韜略，解救國家的危機，而把日人玩弄於股掌之上，試問題如何不是「國士無雙」？

（六十五年十二月十七日香港自由報）

吳英荃妙語談大局

提起吳英荃先生來，大家當不會健忘，雖則他已逝世好幾年。吳氏，筆者常談他是一位磁性人物，他那不慌不忙，永遠從容不迫的風度，使每個人都發生好感。不論男女老幼只要跟他一接觸，就有一種說不出的親切，因此從在大陸直到臺灣，他府上永遠是朋友們聚談的中心。大家常在那兒聊天，有事吳氏還眞給大家排難解紛，甚至爲之奔走，尤其是學生們，無不把他奉爲敬愛的家長。

吳氏遠在當學生時，便是一位具有領導才能的人物，當年北伐後，李石曾先生倡議「大學區」制，把北平的各大學，統統稱爲北平大學，而把當年有聲譽有貢獻的北京大學，列爲一院，稱之爲「北大學院」。假如這個辦法成立，則結果勢必如今天香港的中文大學的情形一樣。正是因爲崇基、聯合、新亞，三個學院辦得好，才組成一個中文大學以事鼓勵，但中文大學成立後，却是逐步把三個學院消滅。特別是新亞書院原由錢穆等一般名家、大師辛苦耕耘，在學術成了氣候，爲東方放出異采，而中文大學成立後，却把錢氏掃地出門，逐漸把新亞窒息。當年的新亞精神，以及所以要辦新亞的目的，可說是完全壽終正寢。只剩下一個，反回頭來由臺灣支持的（而非耶魯，香港，英國）「新亞研究所」，苟延殘喘，眞是言之鼻酸——然而北大與新亞絕然不同的，就是新亞只有錢穆、唐君毅幾個書呆子，而北大却有的是人，甚至多的是梟雄，那吃你這套？當時吳英荃先生還是北大的學生，便發起同學，一致反對，官司直打到南京，終於把這套辦法推翻，而恢復了北大的名號和獨立。

尤其有趣的，那時非常混亂，有一度，學校根本不能上課。吳氏便與同學們出面組織「校務維持會」，踵門敦請教師上課。並把化學實驗室的白金鍋，賣了給老師發車馬費。這校務維持會主要負責的有三位，除了吳氏外，另外有位姓徐，再一位就是現在銘傳女子商專的訓導主任李季燕教授。

在抗戰最緊張的時候，有一天他和筆者說：「咱們中國人，科學固是落在人後，可是智慧却比他們高的多，要講要把戲，那國也要不過我們。」我說：「怎麼？」他說：「你看今天的局勢，每一個國家，都已在把國運孤注一擲，許勝不許敗。那一國敗了，都有亡國滅種，萬刼不復的危機。只有咱們中國不怕。同盟國打勝了，咱們自然是中英美蘇四强之一。萬一軸心國打勝了，那麼德義日中，我們還是四强之一。」我不僅佩服了吳氏的智慧，同時也體會到秉國鈞者謀國的高度忠誠。

（民國六十五年八月十七日香港自由報）

西門華講邱吉爾

西門華現任澳洲墨爾鉢恩大學的文學院長，他的英文名字是 Harry Simon，是國際漢學權威西門華德Ward Simon的長子。以是家學淵源，精通華文華語。筆者認識他時，他還在倫敦大學執教，筆者在英倫時，就住在他家，與他全家包括老西門先生夫婦，無不熟識，可稱的上是交稱莫逆，無話不說。

有一次，別人批評英國的外交，我說這也難怪，兩次大戰，英國從大英帝國打成小英王國了，假如再來一次戰爭，恐怕連這個小英王國都保不住了，所以說什麽，就是不打仗，並且要保持國際和平，以免自己捲入漩渦。西門馬上笑逐顏開，舉杯相敬道，你可算是眞正懂得英國國策和處境的了，我要代表英國人敬你一杯。

我說你既然恭維我，我就要借着梯子上天，向你講一個冒犯你們英國的笑話，你介不介意。不過這個笑話並不是我編的，我不過報告給你而已，他說那有什麽關係，你說吧。

在勝利後，我們中國流行一個「閻王審戰犯」的笑話。閻王把希特勒抓來說，今天這場滔天大禍，死了幾千萬人，炸毀燒毀多少廬舍，都是你肆行侵略挑起的大禍，今天我要重重的辦你。希特勒大喊寃枉：「今天我們德國的兵，並沒有侵佔別人的土地，反之我們的國都柏林，却被人家攻打佔領，怎麼倒說我們侵略，判我爲戰犯呢」。閻王一聽有理，便把斯太林抓來。斯也否認他是禍首。他說他只是人家花錢僱來的打手而已。不信你就看看那一輛戰車，那一尊大炮上面不是寫的 Made in U. S. A.。於是閻王又把羅斯福找來，羅斯福說：「是邱吉爾叫我打的，怎麽回事，我也弄不清楚。」閻王才知是邱吉爾在後面挑唆主使。等邱吉爾抓來後，他也大喊寃枉，閻王說：「你又寃枉何在呢」？邱吉爾說：「閻王！請你派人調查一下，看那個戰場有我們英國的兵？」

西門華笑着說，這有什麽好冒犯的，現在我也給你講一個我們英國類似的笑話。英文有句成語表示決心抵抗到底，「fight to the last one」（戰至最後一人）於是有人改了一個字，來形容邱吉爾的抗戰決心，說邱吉爾是要「fight to the last American one」（戰至美國最後一人）。

（六十五年八月二十日香港自由報）

沈鴻烈談張作霖

有一天錢穆，徐復觀和筆者一齊與沈鴻烈先生聊天，錢先生問道：沈先生你是湖北人，張作霖是東北人，你是秀才，又是留日的學生，而張氏則是出身草莽，這種南轅北轍的距離，你怎麽給張氏作了海軍司令呢？沈先生說這就是張氏令人可佩服的地方了。

民國肇造後沈先生在陸軍部作科員，民國二年隨同部中人士到東北視察，任務完畢卽隨衆返部，沒想這趟巡視，竟伏下了爾後在東北工作的因緣。

某年張氏因要巡緝松花江，黑龍江水上的治安，組織船隊。俗語說南船北馬，要論騎馬，東北軍中個個是好漢；而要行船則誰也不通竅，何況還是近代科學智識的海軍？因此遍察部下無此領導人才。正在躊躇不決時，張氏忽然心血來潮，想起前些年陸軍部來視察時，那個姓沈的小孩不錯，不如找他來辦。張氏是草莽英雄，說作就作，立卽把沈從北京約來，交他籌辦。天下事往往是：在作事的人，看成是工作，吃飯的人，看成是飯碗。東北水上緝私的事，船來船去，全是錢財，那般「吃」的人，眼看着這麽一個「肥缺」竟然落在外省南蠻子手中，眞是不服氣。但張氏乾綱獨斷，他用的人誰敢說半個不字。於是便從旁破壞，說沈氏的帳目不清。張氏聽了後說：「怎麽，沈的帳目不清」？「是！大帥，他的帳目不清」，「好，把會計處取消，不用要帳，省得不清楚」試問誰還敢再說話。

沈氏爲了間島問題與日本人折衝，沈氏青年愛國，爲了國家權益，誓死力爭，絕不讓步。日本人從來沒看過這樣「不聽話」的中國官，氣得不得了。於是拋開沈氏直接見張作霖。張氏當然接見，並與之週旋。可是等日本人一談到間島問題，張氏說：「這個問題，你去跟那個姓沈的小孩談去」。

沈氏講完了這些故事後，說：「請問我怎能不肝腦塗地的去替他作」。

（六十六年十月二十八日香港自由報）

翻江倒海的張克祥

說張克祥是翻江倒海的人物，我想早年金陵大學的同學，一定會有同感。先從上學來說吧，他雖是金陵畢業，却不止上過一個大學。他四年中上過五個大學，而就足足當過八個學期的學生會主席。那也就是到任何大學，一到就當選爲學生會主席。這不用問，當然是後面有組織，有羣衆。原來他是北伐時，國民黨南京學生運動總負責人。他們爲了革命眞是出生入死，艱辛萬端。他有基本羣衆，四十位弟兄，一夜晚被軍閥捕去槍斃了三十四個。只剩了六個人活在世上。抗戰期中，重慶大學的訓導長楊德翹，和現在在臺灣前些年擔任法商學院訓導主任的開濟教授，就是他這六名倖存小弟兄中的兩位。

一般搞黨國活動的人物，往往無暇爲學讀書，而張氏則是一位有學有術的人物。他對世界大勢，國家的問題，了解之清楚，學識之淵博，據筆者與他接觸的印象，足可與自由中國的大方家胡秋原先生媲美，而其有判斷有辦法，拿的出主張來，至少筆者在茫茫人海中，還很少看得到，他常常自詡；五分鐘的談話，可以使一個有爲的青年跟着走一輩子，他這些見識學養都是下過眞工夫來的，雖未留過學，而其英文能說能寫能讀一如外國人；而其在中文方面，別的不說，他曾費過傻勁，將說文解字重新排組過。

人家訕笑讀書人，是肩不能挑擔，手不能提籃。他可不是這樣。他武術有根底，能擔一百多斤的擔子走山路。江湖上那套什麽青幫，紅幫他都懂。有一次他爲革命工作，還曾上山與强盜頭喝血酒歃盟，簡直是小說中的人物。

再說件小事，就語言來講，他講北平話，上海話，廣東話，揚州話，跟當地人一樣的好。他是福建將樂人，福建話他會講六種，包括福州話和閩南話。他的英文是否跟美國人講的一樣，筆者不能判斷，但筆者有根據，判斷他講的跟美國人一樣流暢。因爲他的原配夫人蘇冰心女士，就是不折不扣黃頭髮藍眼睛的美國人，並且曾在東南大學，清華大學等各大學教過英文。

讀者也許會問這樣一位才氣縱橫的人物怎麽會沒在政壇上爬起來呢？那就是因爲「反蔣」了。

在北伐完成後，不知是那裏吹來那麽一陣邪風，（以爾後的事實推測，可能共產黨暗中策動的一種早期「水門事件」）說是老軍閥固是打倒了，更厲害的新軍閥却產生了，而這攻擊的矛頭，當然是指向那時的蔣總司令，而張氏便是陷入了這一浪潮。在民國十八年，國民政府任命他爲江蘇省政府委員（好像羅家倫氏也同時膺任此命），他毅然拒絕並指責蔣總司令行的不是三民主義。他當時受知於陳銘樞，爲陳氏的靈魂。後來又隨同陳氏參加福建人民政府，公然反蔣。閩變失敗後，遂絕意政壇，化名避世，隱於商肆。後來，金陵的同學在重慶看到一位商人張劍華，才知道就是當年叱咤風雲的張克祥，於是管澤良才優禮有加請到恩施去作湖北餐學院的訓導長並教社會學。勝利後隨院復員，終因懷才不遇，抑鬱寡歡，而於大陸淪陷前病逝武昌。一代奇才沒沒殞落，知好相聞無不爲之長浩歎！

有人看我寫張氏翻江倒海，問我是否有點阿其所私，恭維過當，那我就以一種親眼看到的具體事實，來印證他的才華。

在大陸上時，大專學校中有一個最頭痛的事，就是軍訓的問題。軍訓的原則是對的，但在執行上却遭遇許多難以克服的困難。尤其大陸時代，學生不像臺灣當前的這樣聽話，更不像臺灣學生的這樣世故，因此問題就多了。本乎天理，管人的一定要比被管的知識多，水準高才行；所謂「知識卽權力」，反之則一定會笑話百出。而軍訓教官絕大多數，都未受過高等教育（指軍訓教育以外的），而現在的職務却是要管大專學校的學生，試問怎麼個管法嘛，何況中國一向重文輕武，心理上就先吃虧了一節。

農學院當然也爲這件事傷腦筋，三十三年秋季開學。管院長與張氏費盡了心血，請了一位又能幹又負責的覃上校來擔任主任教官。開學後力事振作，由於上下齊心，協力推動，使軍訓的工作大有進展。正在剛剛展露步上軌道的時候，一天下午四點多鐘，那位覃主任教官，氣急敗壞的跑到張氏的家中（按那時是農村社會，住家與學校，以及村民往來的街道都是混雜一起的），那時筆者正在座，見那覃主任一推門進來就跺着脚喊：「這怎麼辦！這怎麼辦！好不容易，才把學生們弄上了軌道，而居然出了這種事」，張氏問什麼事，「你看某教官與學生衝突，竟然粗魯得打了學生一個嘴吧。尤其美國巴頓中將打兵士嘴吧的遭受降職處分，還不到兩星期，這怎麼辦」，那時遠遠就聽得人聲嘈雜，好像有幾百人向這個方向跑。正說着已有二三十人跑到房門口，大聲喊報告：要見訓導長。張氏吸了吸嘴叫覃主任躲在裏面，然後輕鬆的打開門，問學生什麽事？「教官打人！」張氏右手托了托眼鏡，笑容可掬的問，「打了誰啦？」「打了我」，爲首的一個，激奮的擧着手喊。這時遠遠的人羣，已經像潮水般湧來。張氏仍然和靄可親的問道：「還打了誰？」大家一齊喊說「沒有」。說時遲那時快張氏馬上收起笑容，厲聲大喝道：「打一個人，你們來這麽多人，幹什麽，你們要造反啊？都給我囘去」，前面的數十個人，就像中了催眠術一樣，隨着他的手一揮，就直覺的轉身退返，而後面的人羣也就止步散去。這時張氏簡要而嚴肅的向那挨打學生說：「事情我知道了，校中自有解決的辦法，你先囘去，靜待學校的處理，絕不可藉端生事」。然後進門來吩咐躲在屋裏的覃主任準備集合降旗。降完旗張氏訓話告誡學生此一不幸事件，學校自有合理處置……假如有人從中鼓動，使問題變質，學校一定嚴辦，絕不答應……」

第二天掛牌，學生記過，打人的教官，撤職，學生心服，安安靜靜的上了課，了無糾紛紕漏。然後張氏向學校自請處分。管院長拿着簽呈，跟張氏說：老大哥你別開玩笑了。前年一位教官罵學生一句混蛋，學生罷課，鬧了兩個禮拜的風潮。今天發生這樣嚴重的事，而竟風平浪靜，一點未出問題，我們給你慶功還來不及呢，你還要自請處分，這是跟誰開玩笑。

有一天筆者問他，那時學生洶湧而至，氣勢簡直嚇死人，你怎麽處理得那麽乾淨俐落。張氏說我把他的羣衆解散了，就沒得玩的了。那天只要晚個兩分鐘，後面的人羣一聚，馬上就哄出問題，造成風潮，咱們搞了一輩子羣衆，還不會這兩手嗎。

從前冒頓單于謾書侮辱呂后，朝廷上掀起一陣風暴，陳平一言壓息，然後才能冷靜的考慮應付對策，若張氏者眞不愧有陳平之才了。

（六十五年七月二十三日香港自由報）

張春霆二三事

甲、風流倜儻

老叟（按：春霆公與筆者份屬祖孫，深態無法下筆乃托名王曰叟俾能以第三者身份作客觀之敍述，今雖重刊，仍依其當可也）偶寫張春霆先生，初疑鮮爲人知，難有共鳴。不意刊出後，反映甚好，多有來函相問者，如劉光炎先生卽曾不恥下問賜函垂詢，甚且還有人希望多予介紹。乃就其有風趣者略述二三事如后。

張氏一生可用「風流倜儻，才氣縱橫」八字況之，清末民初人士對兩性觀念與近人殊爲不同，尤其革命豪邁之士，率皆風流不羈。某次，張蓬老（名承標字蓬生）謂老叟曰：「你看過留東外史沒有？」「看過」，「這些黨國元老，袞袞諸公，當時的少年往事，要比留東外史熱鬧十倍，我要給你細說十天十夜都說不完」，春霆先生蓋亦猶是。據聞氏在北京教育部任內，公事往往携至八大胡同內批閱。

張氏對此事亦不諱言，抗戰時與其姪孫張起鈞，同任教於國立湖北師範學院，住於一起。同人見其精神矍鑠，健步如飛，乃問是何養生之道，張起鈞曰：「他才不養生呢，並且年青時，很喜歡玩」，問者復向其面詢：「……少先生說您不養生，年青時喜歡玩？」他說：「是的呀」，毫不以爲忤，歸而且娓娓講與家人聽。

民國三十四年春節後，其婿胡治熙先生請春酒。座中多有鄂中耆宿。春霆先生坐下首胡在其右，起鈞坐於左側。酒酣張氏回首左顧曰：「起鈞！你知道當年北京開花榜的故事不知道？」（叟按：當年曾有好事者將八大胡同名妓，一一品評，列成名次公諸於世，謂之花榜），「聽說過」。當下就用手一指說：「那就是這位畢老先生（名斗山）搞的」。畢老先生一聽此言，立即面紅耳赤，尷尬非凡。張氏一見更加打笑道：「唉！不行啊，七十歲的人了。還臉紅」。畢氏愈益尷尬不堪，乃喃喃自解道：「還不是你帶我去的」。張氏笑着說：「北京是我帶你去的，武漢不是你帶我去的嗎」。舉座爲之哄堂，豪邁風趣令人神往。

乙、典籍收藏

氏五十歲後，行止收斂，移情於收藏，雖以貲財有限，爲時未久，難與一流大收藏家相比，然所收皆爲精品；尤多手抄之件，極具價値。就老叟記憶所及者，大部頭者有秦蕙田五禮通考等，而其百衲本之二十四史，非屬名貴版本，卽爲名人批注，極爲珍貴。其前四史史記爲何子貞手批，前後漢書則爲皮錫瑞，用硃墨兩色恭筆細批，三國志係王先謙所批，書以人傳，珍貴非凡。版本之精絕者甚多，唯老叟對斯道不通，是以記憶亦不淸。猶憶一由蘇東坡手書，而鏤版之陶淵明詩集，字體爲行書，徑可半寸，雕刻既好，紙質又佳，一卷在手，令人不勝把玩欣賞之至。若非陶詩，實不堪當之也。

張氏本人最喜愛者乃鄭板橋精寫之春秋與書經各一部，此爲鄭氏自己精心所爲，留待傳世之作。書用上好玉版宣紙，墨色漆黑濃潤，而書法之取勢佈局，尤刻意經營。甚至字體亦皆力求變化，避免重複，春秋中，「年」字比比皆是，而鄭氏此書前後多頁竟無兩字寫法雷同者，其用心良苦可知。

張氏此套收藏，在臺學人，除張起鈞外，前臺大文學院長李邁先教授曾見及之，知其可貴。然此皆承平時事，在戰亂兵火中，個人實無力保存，氏乃於民國三十三年捐贈湖北省立圖書館，今又經鉅變且逢「文化革命」紅色衞兵，不知尚能倖存否也。

氏捐贈之後，有乾隆詩稿兩册，篇幅體制一如四庫全書，爲翰林公以館閣體精書，不僅字體如出一手，墨色亦復前後如一，書之首尾蓋有「寧壽宮寶」，「五福五代堂古稀天子之寶」「八徵耄念之寶」，「太上皇之寶」「養性殿寶」，等玉璽五顆。此兩册，一册全屬言壽之詩稿張氏自留。另一册全爲有關雨雪自然之詩，則付與張起鈞氏，據聞曾携之來臺，今仍珍藏完好也。

丙、考試得妻

氏發跡甚早，少年卽露頭角。

先生昆仲三人，姊妹七人，序最幼。先生生時，其尊人元佩公，年已五十有七，蓋爲晚年得子，較其長兄之子猶少一歲。由於晚年之子，鄉間醫藥衞生又欠佳，以是襁褓中時身體極弱，枝江之俗，幼兒夭折，皆置於簸箕中，以免死於床上，而不吉。先生一度已置於簸箕中，數小時後又復蘇未死。

及長，讀書聰敏異於常兒。其尊人元佩公深爲喜悅，連同長孫叙藩親自課讀。時元佩公任京山教諭，即隨侍在側，光緒壬辰年，返里參加秀才考試，時先生年方十五，身材瘦小，辮子垂後僅尺餘，完全是一童子。然頭場考畢，縣長夏公即發現其文章優異，特依例「提堂」，另設座於花廳，（按：即衙署中之內客廳兼書房）考試，以示優異。羣情即微感不服，及考畢發榜，竟名列第一，羣情爲之譁然。相率揚言「這個小孩就這麽好啊？這個孩子竟然這麽了不起啊。」以示抗議，且疑諷縣長之爲循情受賄，設非當時君主時代，民風本分，早已掀起風潮矣，縣長有苦難言，百口莫辯。

及後先生連戰皆捷，府考，（荆州府共轄十縣）院考，（由學臺考）皆列第一，榮獲「小三元」，（按：縣考、府考、院考皆第一名，謂之小三元。）於是縣長之寃始白，並當衆高呼：「這不是我循情吧，這可不賴我吧！」憐才興奮之餘，乃將其女許配，夏公之女美而賢淑，惜婚後不久即逝，亦無所出，張氏終身懷念不忘。

丁、安徽往事

張氏任安徽教育廳長那一段事，可稱得上是戲劇性的表現。

先是教育總長范源濂氏任命一位趙姓司長出任安徽教育廳長，任命，未出發。北京大學的各位皖籍教授，包括胡適在內立即往見范氏，表示反對，並指名要求派張氏前往。張氏抵安慶，皖中教界人士，集體往謁，痛陳皖省教育廢弛，希望新廳長大力整頓，教界人士當一致作後盾。張氏說整頓教育乃我之責任，但我自有一己之後盾，勿勞各位煩心。衆問：「廳長自己之後盾爲何，」張云：「去就耳」。

旋省府編擬下年度預算，財政廳長報告下年度，稅收不佳，希望各部門預算均比照本年預算酌爲削減。各廳處皆照減無誤。及至張氏報告教育經費，則非僅未減，且從十幾萬之預算一下提高到八十幾萬，全場爲之譁然。省長聶憲藩出而調停，說：「張廳長這個預算，自然是很好，不過有點不切實際……」張氏立即反問道：「請省長指出那一點不切實際，這每一件都是要整頓目前教育，必不能省的，……」於是相持不下，會議無法進行。最後有人建議，提請省議會通過開徵教育特別捐，如通過則稅雖重，而民無可怨；如不通過，那也款無從出，張氏不必怨誰了。

及議會審查討論之日，全省垣的教育界結隊前往請願，希望議會通過。人聲鼎沸，氣勢極盛。督軍馬聯甲一介武夫，不明就裏。經人挑撥，派兵開槍鎮壓。於是發生流血慘劇，學生姜高琦且當場死亡，事態立即擴大。不僅全省學校罷課，而省垣商界亦同情學生而罷市。此時張氏適在外縣查學，聞訊立即返省，進謁省長。一見面省長即卒然而曰「張廳長你要放和平一點呀，軍心激憤呀」。張氏曰：「這倒怪了，軍人把學生打死，學生不激憤，軍心反倒激憤，未必還要再打死幾個學生才行。」「不是呀！是對你呀。他們認爲你是學生的領袖呀。」「噢，那就聽其去了。我是國家的官員，軍隊應該保護我。他要是土匪那我也就沒辦法了。」總之毫不畏懼，毫不讓步；尤其又有慘案發生，最後議會終於通過開徵特別捐，乃使安徽的教育經費，由不死不活的十幾萬元，一下提升到八十幾萬，而刷新了安徽教育經費的規模，奠定了爾後皖省教育事業的基礎。

一切事平，張氏晉京謁見國務總理靳雲鵬，報告經過，然後掛冠而去。所以他常對人說，我當年只知辦教育，而從未想到作廳長。

又據考試院長楊亮功先生說，他當年出任安徽省立一中校長，及榮膺皖省公費留美，就全是在張氏廳長任內的事。

戊、老當益壯

民國三十二年湖北教育學院，改爲國立湖北師範學院，由葉叔良氏任首任院長，適張氏避寇自故里枝江逃至恩施。葉院長聞其大名，乃由張起鈞氏（時在師院任敎）從中斡旋聯繫，敦聘老將出馬，擔任國文系主任。其後三十三年暑期，葉氏離施赴渝，校中發生風潮。敎務主任沈某不辭而別，院務頓成眞空狀態，張氏以六十九歲高齡挺身而出，憑其在敎育界的聲望與行輩，組織敎授會，由敎授會推舉人負責校務。

開會後，衆推當時的數學系主任李先正爲敎務主任，負責校務。李氏起立逡巡，意有所待。李爲張氏武昌師範大學的學生，張氏立卽促之曰，今日大家推你，此乃榮譽，亦爲義務，立卽勉力以赴，不必遲疑。李氏嚅嚅而語，謂此事費力不討好，且又師出無名，白白犧牲，毫無代價，意似能有眞除之保證，方值得一試。張氏聞其意，勃然大怒曰：「今日學校發生災難，凡我同仁，皆應捨身挽救，此乃義不容辭之事，豈可乘機牟利，另有其他打算？旣然大家推你，你不作。我作。」於是卽自封敎務主任，率領員工主持校務，以待敎育部派人前來。

當時恩施除國立湖北師範學院外，尙有省立農、工、醫三院，暑期中，四院聯合招考，師院有敎育、國文、英語、史地、數學、理化、生物、音樂等八系，錄取學生獨多，於是開學前夕，自行擧行複試，甄別分系。甄試前夕，下午四時餘，氏喚總務主任李君（爲省府參議，臨時幫忙，亦爲張氏學生）來，問「試場佈置好了沒有」？「好了」，「我去看看」，「報告老師，因爲校中凌亂，桌椅散失，無法湊集，試場改在山下（按師院在五峯山山上）附中的敎室了」。「啊？誰改的？」「老師，這是不得已，敎室中的桌椅都被鬧事學生拉散，湊不起來了」，「誰說的，只有附中借本院的教室考試，那有本院到附中去考試的道理，我丟不起這個臉」。說着，已經搖下班鈴了，「老師，說什麽一切已經來不及了，現在都下班了。」「下班？什麽叫下班？你馬上集合全院工役，我親自率領，各處搜尋桌椅，連夜佈置試場」。那時鄉間又無電燈，滿山漆黑，他竟帶着人，打着火把，一面找桌椅，一面佈置，直到深夜，大家才把他勸回去休息。第二天早晨直到搖了考試鈴，學生入試場，還差兩個凳子。乃從張氏家中搬來兩個凳子才湊齊。這件事的評價如何，老叟不欲置評，但此種小伙子都比不了的精神，則又豈止是「老當益壯」而已哉。

據老叟所知，現在在臺的師大教授傅一勤、靳久誠、陳爾蘭，北商專的教授姚宏齡、童恒祥等人，便都是當年參加這次考試的考生，但是考前一晚的緊張奮鬪，恐怕他們至今還不知道吧。

己、方東美教授的話

有一次大名鼎鼎的方東美教授向老叟說：「噢，你認得張春霆老先生呀？張老先生要是不死，中國的教育不會是這個樣子」，於是他講出下面一段故事。

在講這個故事前，老叟先要交待一點掌故，在清末行新政辦新學時，全國一共設了四個高等師範：「北京高師」，就演變為北平師大：「南京高師」演變成中央大學，「廣州高師」演變為中山大學，「武昌高師」演變為武漢大學，而武高之開始演變，以及奠立了後來武漢大學的學術基礎，則正是張春霆先生任內的事。

民國初年，軍閥混戰，北京政府，政令不出都門，那裏有錢維持各地的教育？許多學校都要自校想辦法，武高的校長譚君六是位老實人，那裏會這套。以致學校五個月發不出薪水，一切難以爲繼。於是教育部改聘張氏爲校長前往整頓。張氏能幹而有辦法！當時湖北的督軍是蕭耀南，張氏就跟他攀交情，在大煙盤子上告訴他辦教育的種種好處，蕭氏聽得眉飛色舞，但是撥不出餘錢來辦。張氏說「督軍只要肯辦，用不着你拿一個錢」。「那是怎麽回事」？「只要你肯在火柴上附加一筆教育捐，就足够用了。」於是兩個月內就把五個月的欠薪發清，暑假後便決定擴充改制成立「武昌師範大學」，是爲武漢大學的前身。

據方先生說，當時武高乃是爲一些留日的地方人士盤據把持，原來張文襄公辦新政，湖北人得風氣之先，東渡留日者，數冠全國。興辦新學，自然皆得與列其事。但此輩東渡，皆爲速成觀光而已；所學殆皆皮毛，況日本之於西學，本來卽爲轉販之二手貨。及辦學步入正軌，眞正精硏學術時，此輩遂爲發展之障碍。先生既有錢改大，乃大刀濶斧，排除阻力，多方訪賢，決意敦聘留學歐美之名師，來校執教。（按：方東美先生，卽爲此際，自美敦聘執教者，世人皆知，方先生與中大關係之深，不知方先生初返國任教乃在武昌師大也）以擺脫留日份子湖北地方勢力之把持，但先生本人則改爲湖北人，且爲留日同學之領袖，其胸襟懷抱殆爲如何之開張公正。

叟按：張氏以如此鋒利有爲之作風，自不容於屑小，乃普遭惡勢力之排擠，然張氏處事治校，公正廉明，無絲毫破綻可乘，唯性好嫖妓冶遊，於是拾爲攻擊之口食，張氏一經攻擊卽掛冠而去，他嘗言，「作校長就在威信，威信沒有了，還作什麽」，但他去後繼任者雖以石瑛先生之賢，無法維持；甚至被人綁在椅子上毆打侮辱，以致無人再敢掌校。學校由敎職員及學生組成一個十七人的校務維持會，暫維校務。羣龍不可無首，乃開會無記名投票，推荐校長人選。及開票，竟十七票對零，一致認爲非張氏回來主持不可。時張氏在北京，聞而感奮，並籌措經費，敦聘名師。當時已應聘者有黃建中，郭沫若……等人，但正在緊鑼密鼓之際，適逢十五年北伐，武昌圍城，局勢大變，張氏未能就任，而大局已改。自是張氏遂息影園林，未再出山，民國三十年，先生壽劉禺生先生七十生日詩中有句云：「亂世功名眞有命，被天强派作詩人」，雖壽禺生，實亦自況也。

（六十五年十月五日香港自由報）

遊戲人生

四年前曾寫「學人風趣」，各方反應很好。如陵先生每碰到我，都叫我再寫幾段。但風趣之談與笑話不同；笑話可以拿在任何場合講，而風趣的效果則要看環境的情形。例如某次與輔仁大學中文系主任王靜芝教授、李國良教授……等同車。王教授看到草色凋褪，就回過頭來衝着我說：「到底是冬天了，你看草都黃啦」！我就應聲道：「何草不黃啊」？於是滿車爲之捧腹大笑。這話所以能生風引趣，乃在王教授是詩經專家，在輔大講詩經，並著有「詩經通釋」行世。同時在車上的都是教授，都知道「何草不黃」是出自詩經。這兩個因素，任缺一個，便都不會引人發笑，因此很難把友朋間的趣語一一記載披露，以報雅命。

日前在本刊看到趙鍾華先生的「說小偷」，內中提到張英超教授對小偷的趣語：倒不禁使我想起幾段有關小偷的眞實故事，記下來也算風趣吧。

從前北方都睡坑，友人某，素有膽識。一天夜裏，聽見坑下臨街的一邊，東東作響。便披衣下床，躡手躡脚的開門繞至牆後一看，果然有一個小偷，在那裏挖牆。他就輕輕走過去，拍拍小偷的肩膀，低聲說：「朋友！別挖了，這兒是坑」。小偷以為他是同道，便囘過頭輕輕的問：「你怎麽知道？」「他媽的！我的房子我不知道」！嚇的小偷撒鴨子就跑。

抗戰時，西南聯大由長沙搬往昆明[註]，途經廣州。那時廣州碼頭秩序混亂，流氓宵小尤其兇悍。北大哲學系學生鮑光祖，年少聰明而淘氣。他在廣州登船，才一轉身，暖瓶便不翼而飛。他沉着氣四處巡察；發現為一流氓竊取。他才一走近，還未開口，那流氓便口罵「×那媽」，握拳怒目相向。鮑生馬上揮手示意說：「朋友，您別着急，這暖瓶是誰的都沒關係，就算是我的，送給你也沒關係。不過我這個暖瓶不是裝吃水的，我有脚氣，是裝治脚氣的藥的，要是不告訴你，吃死了，可不是玩的。」說着，那流氓就在半催眠的狀態下，拿暖瓶還給了鮑。鮑一看裏邊還有餘水，就順手從旁找了個茶杯，當着那流氓，把水倒出來擧杯而飲。那流氓氣的牙都快咬碎了。

還有一件是國立湖北師範學院的事，也是在抗戰的時候。那時湖北師範學院設在恩施城外的五峯山，既無圍牆隔範，院中又是村民往返城中的通道，眞是芻蕘者往焉，雉兎者往焉。有一年春天（民國三十四年），忽然有賊光臨，避强攻弱，專偷女生宿舍。財物之損失小，精神之威脅大。有些膽小的女生，入夜相對哭泣，聚守不敢就寢。眞是風聲鶴唳，恐怖非凡。有一夜女生又發現有賊，嚇的大聲尖叫，男生們聞聲而來，打着火把，結隊捉賊，但遍搜各處，無獲而返。過了些天終於把這個賊捉住了。校警學生聚而審問。那賊侃侃而談，直認不諱。並說：「那晚你們打着火把搜查，其實我就躲在女生宿舍裏，沒跑。」男生們說：「那，我們怎麽沒找到你呢？」賊說：「我是蹲在屋角堆箱籠的地方，用一個斗笠擋着我，你們走我身邊過了好多次，都沒看見我。」（按：當時沒有電燈，火把光暗，所以才會如此）「你爲什麽不跑呢？」「我怕跑出來，小姐們看到害怕！」

附註

❶民國二十六年抗戰發生後，平津淪陷，北大、清華、南開三校在長沙合併組成國立第一臨時大學，筆者即爲第一號學生，一切床單、制服等皆爲第一號，二十七年二月又遷雲南。理工學院在昆明，文法學院在蒙自，仍叫第一臨時大學。暑假後才在昆明統一上課，而改名爲國立西南聯合大學，但習慣上大家把前一年那個階段，也統稱西南聯大。

（六十一年十一月三日中央日報）

得意之作

上星期一（二月二十五日）我到育達商職去講演，在校長室看到一幅王校長自繪的竹石，我說：「喝！王校長眞是多才多藝！」陪同的先生們說：「您看這畫怎麼樣？」「很好嘛！」秘書趙丕承先生又跟着問：「您看那一筆畫的最好？」「我是外行」「您說說嘛！」我就順手指着石頭左上方說「就是這筆就不錯嘛！」趙秘書哈哈大笑說：「您一點都不外行。」「怎麼？」「就是這一筆是劉延濤畫的！」

那還是十幾年前的事，有一天凌晨我到溫州街十六巷去看吳康先生。剛走到巷口，聽到一陣提琴的聲音，非常悅耳。假如是演奏曲子，還可說是旋律優美，而這練琴的單一音符，竟然拉的這麼動人！可眞不容易。心想這是什麼人啊？於是就怔在那裏屏神而聽。直到後來吳康先生的公子走出來，我才醒。我說這是什麼人拉的？「戴粹倫。」「噢！難怪。」（按：這件事，我當天曾跟戴的令弟戴序倫先生說過。）

我喜歡優美的古典音樂，而孩子們却專愛弄些熱門搖滾的唱片放，常常弄得不愉快。有一天孩子們又放一張熱門唱片，裏面傳來一陣鼓聲，我說：「噯！這個鼓打的眞不錯。」孩子們叫起來了：「爸！你不是不聽熱門音樂嗎？你怎麽知道這個鼓打的好，這是鼓王打的啊！」

民國四十八年我到聖路易華盛頓大學去教書，那是我初次到美國。一天系中的同事高我思（Samnul Coval）教授與我到城中閒逛買東西。買完了就順便在一家「Miss什麽」（年代太久，記不清什麽名字了）的飯館吃飯。菜端上來，我剛吃了頭一口，就馬上說：「這菜作的不錯，是我來美國吃過的最好一次。」他說：「眞的嗎？」「眞的。」「那我很高興。」過了幾天，高教授跑過來說：「張教授你的品嚐能力眞不錯！你看這個。」說着遞過一份雜誌上的廣告看，原來廣告說我們吃的那館子，是密蘇里州館子中的第一家。我笑着說：「是否第一家，這是廣告中的話，不過是我吃過的最好的一家，總沒錯了。」

民國五十五年四月，我應邀到達默斯學院（Dartemouth College）去講演，在講演中我提到一九五九年版大英百科全書中「道亦斯母」（Taoism）一條的詮釋非常詳確精當，沒想到西方學者中能有對道家如此理解深刻的。講後，主席陳榮捷教授作結論，說那一條就正是他寫的。

（六十三年三月十五日中央日報）

老子哲學後記

余寫此書純出偶然；非有志於此，期以老學名家也。（余嘉錫先生嘗閱此稿之半，謬許曰：「此著可以名家。」）蓋余雖尚知好學，實不好讀書。（此中亦自有其聊以解嘲之說法。）適逢老子篇辭簡約，意遠思深，恰合吾趣。遂致誘我留情，無端着筆。迨其撰機已啓，乃感欲罷不能，遂爾逐步演迫，成斯書於無意中矣。

二十六年抗戰興起，北平淪陷。余間關南下，抵於長沙。偶在坊間以三分錢購得大達圖書供應社所印一折八扣（卽當時流行之一種粗劣書籍，定價一元者實僅售八分也。）之「白話譯解老子道德經」一本。嗣在重慶每於警報聲中，卽携之入洞翻閱。蓋以其便於携帶，而文字簡短，前後復不連屬，正爲空襲時之絕妙讀物也。玩之既久，乃不無一得之見。三十三年秋余於國立湖北師範學院授倫理學；老子人生思想列爲一講。方屬稿至爲弱居下之旨時，乃自問曰：老氏何以倡此論耶？世俗每以經驗世故爲釋，此非究竟之言也。思凡多時忽有所省；乃一時興起，草擬成篇，命曰「老子的形而上學」；時在寒假中。叔祖春霆公（名繼煦嘗爲國立武昌師範大學校長，時與余同任教於湖北師範學院。）閱後頗多佳勉，使余信心大增；是卽本書之第一篇。然初無撰擬成書之意也。

三十四年秋抗戰勝利。余適因故飽受刺激，乃發憤就形上學之篇，推衍成書，聊洩積憤。經月餘構思，始將人生思想綱目擬定。十月中首節「樸散則爲器」甫經草成，突應友邀，助其草創宜昌武漢日報。因倉卒就道，離施赴宜。卜居兩月，而次節「現象的底蘊」於斯成焉。適至友張君克祥復員東下，道出宜昌；余亦在宜事畢，正待啓行；乃稍事摒擋，同舟赴漢。時復員船少，秩序紊亂。余等所乘，爲一無篷木船，藉小江輪拖行而前。船上則乘客比肩而臥，起坐無隙地。途中復遇風險，兩次瀕危。行凡十四日始抵漢口（時爲三十四年十二月三十日）。余則每乘風平浪靜；晴朗無雨之際，置小箱膝上，撰稿自遣。「法道」一節，卽成之於舟中也。

三十五年春，余居武昌珞珈山；景物雖美，而急於北上省親，往返奔走，竟未能多所撰述；僅草成第四節之半及五節「幸福」之一部而已。（先是五節在前，寫至中途乃覺不妥，而易其序。）其中「嗇應道之動」一段，係於母親生日（陰曆二月二十二日）一日草成。爲余全書撰寫最快之一段。「弱取道之用」一段係待機飛平時着筆於漢口長江旅館，而續成於抵平之後。「無爲」一段則又係赴瀋遨遊，撰於中蘇聯誼社旅邸中者。其幸福以次三節則係婚後所寫成焉。

是年多籌撰第三篇，立意佈局頗費斟酌；尤以首節歷時月餘，稿凡數易，終不當意；勉强定稿而已。時余於業餘主編「正論」雜誌；終日奔競，鮮有餘暇。加以思路遲鈍，屬稿不易，遂使若斷若續之撰述，益難迅謀脫稿。直至三十六年夏，乃乘暑假之便，連夜趕寫，始將斯篇草定，而使全書完成。蓋是時此書僅定三篇而已也。

去歲（四十一年）黃建中先生偶閱余稿，頗加獎譽。並囑曰：「著書立說當有益于世道人心；不可徒快已意，不計後果也。往者康梁之輩，輕率立說，遺禍後世極鉅。吾人雖無康梁大名，然康梁未刊其說前，亦非有藉藉之名者。是又何可自薄文稿之影響耶？我國近代禍難頻仍，人心媮靡，此非提倡老學之時也。故宜加撰評論，破其弊端，並而發表；庶幾學術研究，與世道人心能兼顧焉。」此種忠誠仁厚態度，使余至爲感動。乃對曰：「余撰此書本非信同其道；姑無論余之思想，卽就秉賦習性而言，余固一逞「强」好事，富有熱情者流；適與老子爲弱居下，曲全守雌之旨，相背馳。余之所以撰寫此書，實出偶然耳。觀余第一篇尚爲短文性質，二、三兩篇始具書册規模，則其演變之跡明矣。且余當年所以發憤成書，坦率言之，實期自炫，以吐悶氣。是其動機卽大違老氏之旨，故余嘗顏此稿曰：『知者不言，言者不知，爲此連篇，游戲而已。』今感君言，當將老學短失不可之處，撰爲評論，以匡其弊。斯不僅君之所期，抑亦我積蘊多年，欲傾而未能者也。」。因於北投山林溪澗之間，閒步構思，定其層次。寒假中振筆疾書，卒於壬辰除夕正午，脫稿於臺中圖書館是卽此書之第四篇也。

是書之成，有無可取之處，非吾欲言。然追思往跡，則西起川滇，東盡遼瀋，北自幽燕，南抵臺灣；九州萬里無不有余嘔心血，弄篇章之痕爪。逐篇誌憶，遂使往事歷歷，若在目前，誠一大好之紀念。且論成書之時，則又肇因於抗戰之始；領會於空襲之下；草撰於播遷之中；完成於勝利之後。今又東渡來臺，補綴餘篇於此反共復國之際矣。是此書雖小，而實亦一時代之寫照也。老氏之言曰：「大曰逝，逝曰遠，遠曰返。」今吾人撤離大陸，侷處海嵎，展顧神洲，則民陷水火，斯文將喪，是殆可謂「遠」矣。然剝極必復，遠終曰返；是書付梓，其又將爲我返回大陸重整河山之前奏乎？於是乎記。

（四十二年五月二十七日於北投）

滄海叢刋已刋行書目（四）

書名	作者	類別
累廬聲氣集	姜超嶽	中國文學
苕華詞與人間詞話述評	王宗樂	中國文學
杜甫作品繫年	李辰冬	中國文學
元曲六大家	應裕康 王忠林	中國文學
林下生涯	姜超嶽	中國文學
詩經研讀指導	裴普賢	中國文學
莊子及其文學	黃錦鋐	中國文學
歐陽修詩本義研究	裴普賢	中國文學
清眞詞研究	王支洪	中國文學
宋儒風範	董金裕	中國文學
紅樓夢的文學價值	羅盤	中國文學
中國文學鑑賞學隅	黃慶萱 許家鸞	中國文學
浮士德研究	李辰冬譯	西洋文學
蘇忍尼辛選集	劉安雲譯	西洋文學
印度文學歷代名著選(上)	糜文開	西洋文學
文學欣賞的靈魂	劉述先	西洋文學
現代藝術哲學	孫旗	藝術
音樂人生	黃友棣	音樂
音樂與我	趙琴	音樂
爐邊閒話	李抱忱	音樂
琴臺碎語	黃友棣	音樂
音樂隨筆	趙琴	音樂
樂林蓽露	黃友棣	音樂
樂谷鳴泉	黃友棣	音樂
水彩技巧與創作	劉其偉	美術
繪畫隨筆	陳景容	美術
素描的技法	陳景容	美術
都市計劃概論	王紀鯤	建築
建築設計方法	陳政雄	建築
建築基本畫	陳榮美 楊麗黛	建築
中國的建築藝術	張紹載	建築
現代工藝概論	張長傑	雕刻
藤竹工	張長傑	雕刻
戲劇藝術之發展及其原理	趙如琳	戲劇
戲劇編寫法	方寸	戲劇

滄海叢刊已刊行書目（三）

書名	作者	類別
知識之劍	陳鼎環	文學
野草詞	韋瀚章	文學
現代散文欣賞	鄭明娳	文學
藍天白雲集	梁容若	文學
寫作是藝術	張秀亞	文學
孟武自選文集	薩孟武	文學
歷史圈外	朱桂	文學
小說創作論	羅盤	文學
往日旋律	幼柏	文學
現實的探索	陳銘磻編	文學
金排附	鍾延豪	文學
放鷹	吳錦發	文學
黃巢殺人八百萬	宋澤萊	文學
燈下燈	蕭蕭	文學
陽關千唱	陳煌	文學
種籽	向陽	文學
泥土的香味	彭瑞金	文學
無緣廟	陳艷秋	文學
鄉事	林清玄	文學
余忠雄的春天	鍾鐵民	文學
卡薩爾斯之琴	葉石濤	文學
青囊夜燈	許振江	文學
我永遠年輕	唐文標	文學
思想起	陌上塵	文學
心酸記	李喬	文學
離訣	林蒼鬱	文學
孤獨園	林蒼鬱	文學
托塔少年	林文欽編	文學
北美情逅	卜貴美	文學
女兵自傳	謝冰瑩	文學
抗戰日記	謝冰瑩	文學
孤寂的廻響	洛夫	文學
韓非子析論	謝雲飛	中國文學
陶淵明評論	李辰冬	中國文學
文學新論	李辰冬	中國文學
分析文學	陳啓佑	中國文學
離騷九歌九章淺釋	繆天華	中國文學

滄海叢刊已刊行書目（二）

書名	作者	類別
國家論	薩孟武譯	社會
紅樓夢與中國舊家庭	薩孟武	社會
社會學與中國研究	蔡文輝	社會
財經文存	王作榮	經濟
財經時論	楊道淮	經濟
中國管理哲學	曾仕强	管理
中國歷代政治得失	錢穆	政治
周禮的政治思想	周世輔 周文湘	政治
先秦政治思想史	梁啓超原著 賈馥茗標點	政治
憲法論集	林紀東	法律
憲法論叢	鄭彥棻	法律
師友風義	鄭彥棻	歷史
黃帝	錢穆	歷史
歷史與人物	吳相湘	歷史
歷史與文化論叢	錢穆	歷史
中國人的故事	夏雨人	歷史
精忠岳飛傳	李安	傳記
弘一大師傳	陳慧劍	傳記
中國歷史精神	錢穆	史學
國史新論	錢穆	史學
與西方史家論中國史學	杜維運	史學
中國文字學	潘重規	語言
中國聲韻學	潘重規 陳紹棠	語言
文學與音律	謝雲飛	語言
還鄉夢的幻滅	賴景瑚	文學
葫蘆・再見	鄭明娳	文學
大地之歌	大地詩社	文學
青春	葉蟬貞	文學
比較文學的墾拓在臺灣	古添洪 陳慧樺	文學
從比較神話到文學	古添洪 陳慧樺	文學
牧場的情思	張媛媛	文學
萍踪憶語	賴景瑚	文學
讀書與生活	琦君	文學
中西文學關係研究	王潤華	文學
文開隨筆	糜文開	文學

滄海叢刊已刊行書目（一）

書名	作者	類別
中國學術思想史論叢(一)(二)(三)(四)(五)(六)(七)(八)	錢穆	國學
兩漢經學今古文平議	錢穆	國學
先秦諸子論叢	唐端正	國學
湖上閒思錄	錢穆	哲學
中西兩百位哲學家	黎建球 鄔昆如	哲學
比較哲學與文化(一)	吳森	哲學
比較哲學與文化(二)	吳森	哲學
文化哲學講錄(一)	鄔昆如	哲學
哲學淺論	張康	哲學
哲學十大問題	鄔昆如	哲學
哲學智慧的尋求	何秀煌	哲學
老子的哲學	王邦雄	中國哲學
孔學漫談	余家菊	中國哲學
中庸誠的哲學	吳怡	中國哲學
哲學演講錄	吳怡	中國哲學
墨家的哲學方法	鐘友聯	中國哲學
韓非子哲學	王邦雄	中國哲學
墨家哲學	蔡仁厚	中國哲學
中國哲學的生命和方法	吳怡	中國哲學
希臘哲學趣談	鄔昆如	西洋哲學
中世哲學趣談	鄔昆如	西洋哲學
近代哲學趣談	鄔昆如	西洋哲學
現代哲學趣談	鄔昆如	西洋哲學
佛學研究	周中一	佛學
佛學論著	周中一	佛學
禪話	周中一	佛學
天人之際	李杏邨	佛學
公案禪語	吳怡	佛學
不疑不懼	王洪鈞	教育
文化與教育	錢穆	教育
教育叢談	上官業佑	教育
印度文化十八篇	糜文開	社會
清代科舉	劉兆璸	社會
世界局勢與中國文化	錢穆	社會